U0606790

走着走着，花就开了

丁立梅 著

作家出版社

图书在版编目（CIP）数据

走着走着，花就开了 / 丁立梅著.—北京：作家出版社，
2019.6 (2025.9 重印)
ISBN 978-7-5063-9983-8

Ⅰ.①走… Ⅱ.①丁… Ⅲ.①散文集－中国－当代
Ⅳ.① I267

中国版本图书馆 CIP 数据核字（2019）第 090153 号

走着走着，花就开了

作　　者：丁立梅
责任编辑：省登宇
助理编辑：周李立
装帧设计：张亚群
出版发行：作家出版社有限公司
社　　址：北京农展馆南里 10 号　　　邮　　编：100125
电话传真：86-10-65067186（发行中心及邮购部）
　　　　　86-10-65004079（总编室）
E-mail:zuojia @ zuojia.net.cn
http://www.zuojiachubanshe.com
印　　刷：北京中科印刷有限公司
成品尺寸：142×210
字　　数：180 千
印　　张：10
版　　次：2019 年 6 月第 1 版
印　　次：2025 年 9 月第 9 次印刷
ISBN 978-7-5063-9983-8
定　　价：35.00 元

作家版图书，版权所有，侵权必究。
作家版图书，印装错误可随时退换。

目录

序 / 001

第一辑　送自己一朵微笑

尘世里，总有些什么，让我们不自觉地微笑，使我们的坚硬，在
一瞬间变得柔软。

偶遇 / 003

白云生处 / 006

五月花事 / 011

草在笑 / 016

送自己一朵微笑 / 020

宝盖草 / 023

香诱 / 026

一雨成秋 / 029

秋色 / 032

秋露 / 035

猫叹气 / 038

看雪 / 041

第二辑　捡拾幸福

我望见了这个尘世间最朴质的相守，无关山盟，无关海誓，无关富贵荣华，只要稍稍转过头来，你就能望见我，我就能望见你。

每一天醒来，都是恩赐 / 047

老古董 / 052

我愿做一只陶罐 / 055

数点梅花天地心 / 059

捡拾幸福 / 063

云踪 / 066

荷花 / 069

人与花心各自香 / 073

心中有光，无问西东 / 076

桃花流水杳然去 / 080

栀子花，白花瓣 / 085

裙子、围巾和窗帘 / 090

第三辑　十亩间

这是生活在社会最底层的一些人，他们寻常得常常被我们忽略，可是这个世界，却因他们身上散发出的善和暖，一点一点美好起来。

那些温暖的……/ 101

感激一杯温开水 / 104

两个瓦工师傅 / 107

老烧饼 / 110

九枝百合花 / 113

十亩间 / 117

麦浪滚滚 / 120

流年小恙 / 123

一袋野山菌 / 126

一碗水的字 / 128

第四辑　岁月平凡，日子发亮

总要等到一些年后，你才明白，一些旧物件里，藏着你的念想。
旧日回不去的光阴——无论欢喜，无论疼痛，都是好的，因为，
那是你曾经努力活过的印迹。

回家 / 133

最美的语言 / 136

命运 / 140

那些疼我的人 / 145

人生大赢家 / 148

在艾香里吃粽子 / 151

一盒月饼 / 154

母亲的生日 / 157

那些旧物件里的念想 / 160

白山芋，红山芋 / 165

不要对那个人叫嚷 / 168

岁月平凡，日子发亮 / 171

第五辑　锦鲤时光

我一生中最美的时光，当属于那一段锦鲤时光吧，虽然贫穷，虽然卑微，却单纯，色彩明艳，无限阔大。

那年，那次远行 / 177

童年 / 180

老街 / 184

老手艺 / 189

乡村戏台 / 192

写春联 / 195

正月半 / 198

锦鲤时光 / 201

月光下 / 205

旧时月色 / 209

青春纪·离殇 / 214

第六辑　桃花红

所谓人间仙境婉转清扬，莫不是那样的了，有艳阳照着，有桃花开着，有人在走着。

若香 / 219

我要为你吹一世的横笛 / 224

青春底版上开过玉兰花 / 228

一件红毛衣 / 232

刘半仙 / 237

金婚 / 245

小恋情 / 249

冬葵 / 253

寻找王桂兰 / 257

桃花红 / 261

第七辑　跟着一只蝴蝶走

生活的热爱，应该是它们共同的语言和灵魂的密码，只消一个眼神，便能成为相知，又哪里会有疏离和隔膜？

枫泾虫鸣 / 269

山趣 / 273

那棵金桂 / 276

桃花时光 / 279

美丽的"情郎" / 283

李哥的桃花源 / 288

茶卡 / 295

婺源的水 / 298

印度人的笑 / 301

跟着一只蝴蝶走 / 305

天上的云朵，地上的草湖 / 308

序

我很少思索，我为什么要写作。

生命中，最经不起推敲最无解的，就是为什么。

比如，人为什么要活着呀。人为什么要爱呀。人为什么要走这条路，而不是走那条路呀……

想那么多为什么，是太费力气的事。我不愿意。

对我来说，夯实每一个正在经过的日子，远比端坐着苦思冥想要来得重要，来得愉快。我不执着于过去，也不幻想于未来，我只管走好脚下的路，走着走着，花就开了。

我绣十字绣，一针一线，慢慢绣。一朵花，我总要花上一个多星期才能绣成。不要问我为什么要绣。若你实在要问，我只能告诉你，不为什么，只因我喜欢。

我低头绣几针，然后抬头看看窗外的天。有时会看到几朵云从窗前遛过，像鱼一样的。像蜻蜓一样的。像花瓣一样的。有时，只有一块空空的天悬着，像块干净的棉手帕。我觉得这样的时光，很好，无限好。我觉得身心皆舒服，且相当愉悦。

我吃橙子或柚子，不舍得直接劈开它，而只是切去上端一点儿，然后用小勺，一勺一勺慢慢挖。最后留下一个相当完整的"壳"，我在那"壳"上作画，画微笑的眼睛，画月亮，画太阳，画盛开的小花儿，把它放太阳下晾干。我拿它们当花器，装干花好，装瓜子好，我还用它装我的橡皮和卷笔刀。最了不得的是，我拿它长了颗胡萝卜头，一天一天过去了，胡萝卜头绿莹莹的茎和叶，慢慢从那"壳"里爬出来，葳蕤成一片，真是相当好啊。我的书桌上，摆满了这样的"器物"。我就这样，把大量的时光，浪费在它们身上。

不要问我为什么。有些时光是用来享受的，不是吗？我做这些，就是在享受时光。像花草沐浴着阳光。

你也完全能做到。你只需思想简单一些，活法简单一些，欲求清澈一些，也就可以了。

世界多大啊，山有山的雄伟，海有海的壮阔，可谁说那些小丘陵小溪流不也是活色生香的一种？

我做不成山，做不成海，哪怕连小丘陵和小溪流也做不成，我就做一棵草好了。

安心地做棵小草，也可以把四季唤来同住。

第一辑
送自己一朵微笑

尘世里，总有些什么，让
我们不自觉地微笑，使我
们的坚硬，在一瞬间变得
柔软。

偶 遇

在时间无垠的荒野里，我们都是跋涉的旅人，却因这偶然的相遇和眷顾，布下温暖的种子。

小城有家卖饰品的小店，店名叫得极有意思，叫"偶遇吧"。小店开在一条古旧的街道上。店里卖的都是小饰品：精美的钥匙扣，拙朴的香水瓶，会唱歌的玻璃小人，五颜六色的发圈……每一样，都是精致小巧的。一间再普通不过的小屋，被装点得像童话。让人颇感意外的是，店主是个六十开外的老妇人，穿大红的衫，戴贝壳串成的手链，笑容灿烂，举手投足间，自有一些风情。年轻时，她迷恋小饰物，一直没有机会开这样的店。退休了，她重拾旧梦，天天守着一堆"宝贝"，把日子过得如花似玉。

也是这样的偶遇，在武汉。当地文友拉我去逛光谷步行街。天桥之上，我被一朵一朵怒放的玫瑰花牵住了脚步。确切地说，那不是花，那是一堆橡皮泥。可它分明又是花，瓣瓣舒展，鲜艳欲滴。

捏橡皮泥的，是个矮个子男人。眼睛细小，皮肤黝黑，满脸沧桑。沧桑中，却有种淡定的平和。他在眨眼之间，把一小坨橡皮泥，捏成一朵盛开的玫瑰。我蹲下去，看他捏。他十指扭曲，严重残疾，却灵活。手像被施了魔法似的，在橡皮泥上轻轻一按，一瓣花开了。再轻轻一按，一朵花开了。

我挑起一枝，紫色，典雅大方。想买。他说：这个不卖，人家预定好了的，你要买，我再给你捏。我惊讶了，我说：你可以重捏一个给预定的人啊。他却坚持不卖，说他答应过给人家留着的，就一定得留着。一会儿之后，他给我捏出另一朵来，撒上荧光粉。他关照：你回去对着灯光照上十来分钟，它会发光的。

从武汉回来，别的东西没带，我只带了那个花回来。看见它，我总要想一想花后的那个人，生活对他或许有诸多不公，他却能够做到心境澄清，让花常开不败。

还是这样的偶遇，在云南。夜晚的广场上，一群人围着篝火在跳舞。不断有人加入进去，天南地北，并不熟识。不要紧的，笑容是一样的，快乐是一样的，心灵因一团篝火，在瞬间洞开。我站在圈外看，有人跟我招手：来呀，一起来跳啊。我笑着摇摇头。手突然被一女子牵了，她不由分说把我牵进那群欢乐的人中。灯光暗影里，她脸上的笑容明明灭灭，如星星闪烁。她说：跳吧，一起跳吧，很好玩的呀。她很快踩上音乐的节奏，身体像条灵活的鱼，看得我眼热，跟着她后面跳起来。那是我平生第一次跳舞，完全不得章法，欢乐却像燃着的篝火，把人整个地点燃。曲终，转身寻她，不见。满场的欢声笑语，经久不散。

人生还有多少这样的偶遇？在时间无垠的荒野里，我们都是跋涉的旅人，却因这偶然的相遇和眷顾，布下温暖的种子。日后，于某一时刻，不经意地想起，那些温暖的种子，早已在记忆深处，生根发芽，抽枝长叶，人生因此变得丰盈。

白云生处

　　我一会儿看看天空，一会儿看看大地。我所要的好世界，就是这个样子的吧。

一

　　好好的，突然刮起了一阵风。

　　风真大。似猛兽发了狂，一路狂奔着。晾在外面的衣，挂不住了，我收进来。一抬头，看到天空。怔住，不自觉"啊"了声。

　　那些云，那些雪白雪白的云，被风赶着，慌不择路地跑着。跑着跑着，就滚到了一起，滚成一个一个的大雪球。天蓝得深沉又深情，跟湖泊似的。那些"雪球"，又似浮在水面上的大白鹅。这一群"白鹅"，是谁放牧的呢？

不可思。

我也就不去思了。只做着一个闲观"白鹅"凫游的人，觉得幸福。

晚上七八点的天空，又是另一番样子。风止了，云朵稀了，它们变成莲花瓣了，簇拥着一个大而皎洁的月亮。这个时候的月亮，有王者之气，有金属的光芒。

花树扛着一树的花，浸着月光，朵朵都是蜜饯。青草地上的青草，浸着月光，柔嫩清润得似乎都能摘下来，直接塞嘴里吃。月下有跑步的人，他们泡在月光里，有瓷器之美。

我一会儿看看天空，一会儿看看大地。我所要的好世界，就是这个样子的吧。

二

五月。我在合肥。

下午三四点的光景。天空很干净，有蓝玉之光。这样的天空，惹得我频频抬头。后来，我索性停在路边，一心一意地看。

无数的白云朵，突然冒了出来。像一场雨后，蘑菇们唰啦啦从土里钻出来。

这很神奇。我想，天上一定有谁在种着这些"白蘑菇"。

这些"白蘑菇"密密地聚在一起，又嘭嘭嘭地开起花来。你根本来不及细看，那些花朵，便都开好了。像秀气的玉兰花。

一天空的玉兰花呀。一朵挨着一朵，一朵挤着一朵，仿佛就有香气流淌下来。

我恨不得飞上天去，摘下它们来，提着篮子去叫卖，让花香染遍一条一条悠远的深巷。

晚上，跟当地朋友说起这个。他挺意外，"啊"一声，笑了，说：是吗，有吗？我们这里也有这么好的天空？

我突然心疼得不知所措。

不远处，五月的蔷薇，攀爬在一户人家的铁栅栏上，默默地开。

三

杜牧写"白云生处有人家"，这一笔真是聪明，漂亮，大气磅礴！

没有多余的修饰，甚至不带一点比喻和夸张，他近乎大白话地，把眼睛里看到的，给实打实地描绘出来。秋色弥漫，草木斑斓，有石径弯曲其上，直往那云端里去了。鸡舍房屋，隐隐约约。山居寻常，却如此动人心魂。

他用的那个"生"字，令我着迷。是"生活"的"生"。是"活生生"的"生"。是"生龙活虎"的"生"。是"生生不息"

的"生"。

我们来这尘世走一遭，原都是为了这个"生"。白云朵，亦不例外。

每一朵白云，原也是有根有家的。

这样的云朵，鲜活，亲切，有烟火气。

贾岛的"云深不知处"也好。却显得渺茫，心绪无着落。

四

我说我养了几朵云。

唔，是真的。

我把它们养在窗子外头，养在我小屋的上空。

我在屋子里做事，我一扭头，就看到它们。小白鸽一样的，隔着窗，朝我张望。

每天有它们在，天空多晴朗啊。

它们都是爱学习的好孩子，每一个都学得一身会变魔术的好本领。有时，它们会变成小鸡小狗，小羊小兔子，甚至小老虎，逗我玩。有时，它们又变成小溪流，哗啦啦流。或是变成沙滩。或是变成山峰、丘陵和峡谷。

我在看书的时候，它们也一本正经在看书。我在给花浇水的时候，它们就自己变成一朵花。

它们也会跟我屋前长着的几棵树玩。把影子一朵一朵，投射到树的上面。一只鸟，蹲在它们的影子里唱歌。一只猫，走过树下面。它抬头看看树，有些好奇，它一定看见了白云朵藏在里面。

它们偶尔的，也会离开几天，去巡游外面的世界。它们一离开，天就阴了，下雨了，或是下雪了。我不急，也不埋怨，我耐心等着，我知道它们很快就会回来。

果真的，我一觉醒来，雨停了。雪止了。它们正蹲我的小屋旁，一脸明媚地看着我。

如果有一天，我说我要送一朵云给你，那你一定被我当成了知音。

五月花事

　　这个五月，我注定要为蔷薇花消去许多时光。这些时光，都是香的。

一

　　五月，我的城，是蔷薇的天下。

　　谁知那些蔷薇是怎么冒出来的？我也只不过才离家三四天，再回来，一个城，就都被蔷薇花占领了。河两岸，都是。小区的栅栏上，爬满了。人家的屋檐下，也趴着那么一大丛。花以粉红居多，间或有一两丛白。每一朵都是娇滴滴的。又都喷着香，也是娇滴滴的香。香得相当的小儿女，怎么闻也不会嫌腻。

　　"尽道春光已归去，清香犹有野蔷薇。"——春去了有什么要紧？还有蔷薇开着呢。

我在家是铁定坐不住的，每到傍晚，定会梳洗一番，出门，我要看蔷薇去。

远远望见了，它们都好好开着呢。一丛，一丛，再一丛。背景是绿。深深浅浅的绿，柔情蜜意的绿，波光潋滟的绿，配了粉粉的花朵。是郎情妾意，每一寸时光，都堪称良辰了。

我总是迫不及待奔过去，心里的欢喜，泛着小泡泡。虽说昨天才见过，可在我，每一次相见，都如初见，都有着巨大的惊喜。

这个五月，我注定要为蔷薇花消去许多时光。这些时光，都是香的。

我愿意。

二

一年蓬从不曾被当作花待过吧？

我小时，在乡下，提了篮子，一捧一捧割了，给猪吃，给羊吃。

可是，它的花，实在美。素淡的白，或是微微泛着浅紫的粉。花瓣儿细如丝线，裁剪成长短相当的，密密地扎成了一圈儿，中间顶着个饱实的黄花蕊，是实实在在的一颗心。一枝上会缀着三五朵，或七八朵不等，参差着，秀气着，似耍杂技的小女儿。

路边的草丛中，随处可见到它的影。一棵，或几棵，就那么独开独舞。素面朝天，自然天成。

我每每遇见，都要在心里面惊叹，真是美啊。

然后，某天，我就遇见了一大片的。对。一大片的。像谁特意栽种的。

谁呢？

是鸟吗？是风吗？鸟在不远处的几棵海棠树间唧啾。风吹着天上的云在跑。

它们，开成了沸沸的海洋，那么多。那么多的小女儿，在载歌载舞。

我望见了乡下的原野。我望见了山涧的小溪。我望见了清澈、纯净和静美。

我不能够走开。不能够。

我跳进花海里。

原谅我，我采了一束。不远几十里把它带回来，插在一只玻璃瓶里。什么时候望过去，它都能瞬间让我的心融化。我的嘴角边，不自觉地，浮上一抹笑来。

我跟那人说傻话，我说：假如，我也化成这花中的一朵，你会认得我吗？

他答：会的。

我穷追不舍：你凭什么认得呢？

他答：凭感觉。你是不一样的一朵。

我很满意他这么答。

那么，那些小粉蝶，也都是凭感觉，寻到属于它们的那一朵的么？

我看到一只小粉蝶，向一朵花俯下小小的身子去。

我的心，就那么感动起来。

三

虞美人扛着美人的名头，似乎极高贵。

其实才不，人家很草根的。

去年丢下几颗种子，今年就能窜出一大片。也无须特别管理，它就那么开呀开呀，开出一捧一捧的花。红的白的，薄绸子似的。有单瓣的，有复瓣的。讲究点儿的，还自己给自己绣了彩边儿。

直接摘一朵，都可以当小女孩的喇叭裙来穿。

虞美人个个都是时装高手呢。

四

芍药开得生猛。

我不知道这么形容芍药它会不会不高兴。

它看上去，真的很生猛。

人家的门前，一边一丛。玫粉色。碗口那么大的花。

花不惊人誓不休。

我们的车，从它们跟前掠过去。

惊起了一地的颜色。我回过头去，心瞬间被一朵一朵玫粉淹没。

再难忘。

五

那人说，月季花该叫"贵妃花"。

也是。

怎么开出那么大的花来？吓人一跳。

又颜色拼着命地往艳里面艳去。每一朵，都是涂脂抹粉的富贵相。

我看它，像看一个可爱的傻姑娘。傻姑娘心无蒂芥，无忧无虑，整天蹦着跳着瞎开心，反倒活得心宽体胖，丰腴富足。

这样，多好。

人一辈子追求的，莫若率真而活。

草在笑

　　天空和大地，到处布满微笑的眼睛，只是我们视而不见。

一

　　陪一个四五岁的孩子在草地上玩。天气晴好，熏风送暖。

　　孩子突然说：草在笑呀。

　　我一愣，低头看向那些草，细眉细眼的，果真像是在笑。

　　那么，花也在笑。树也在笑。风也在笑。云也在笑……为什么不呢！

　　天空和大地，到处布满微笑的眼睛，只是我们视而不见。

二

功成名就的朋友不断对我诉苦，他是多么忙多么累，整天身不由己，家里家外，事无巨细。

我建议，告假几日，关掉手机，去一处有山有水的陌生地，住下。那几日，只关乎自然山水，不关乎世间名利得失，看看怎样。

事实上，太阳会照旧升起，地球会照旧在转。你不在的日子，花依旧在开，大家的饭照常在吃。

亲爱的，你真的没有你想的那么重要。所以，不必背负太多的包裹，不妨学会放下。

三

一老者拿着自制的豪笔，蘸水在公园的一面墙上写字，一会儿行书，一会儿草书。风一吹，墙上的字迹很快没影儿了。

围观者众，大家探究地看着老人挥笔，频频相问：这是做什么呢？是要参加书法比赛吗？

老人起初不答，只一心一意写他的字，脸上的神情，惬意而满足。后来，实在架不住众人围观，老人停下笔，淡淡说：没什么，只是闲着无事，写着玩。

众人惊奇地"啊"一声，继而笑了。这个答案太出乎他们意料了，却是唯一的最完美的，无关身外事，只遵从内心，简单，透明，纯粹。

四

突遇家庭变故的孩子，瘫痪在床，生活维艰，天空黑暗。

经媒体报道，这个孩子得到社会各方面的捐助。

后来，有媒体上门采访，问这孩子，最令他感动和难忘的事是什么。

孩子沉默了一会儿，从贴身的口袋里，掏出一封信。信来自一个女人之手，信中写道：

　　孩子，无意中看到你的遭遇，心疼你。我也刚经过一场不幸，现在在外打工，还没有钱可以捐给你，但我，可以把微笑送给你。孩子，每天要记得笑一笑啊，明天会更好！

孩子说，每天，他都会掏出这封信来看一看，笑一笑，心就暖了。

媒体为之震惊。

慈善不等于非得捐钱捐物不可，有时，心怀怜悯，能够送人微笑和温暖，也是慈善的一种。

五

和一个刚参加工作不久的女孩聊天，她曾是我的学生。

女孩在一家大型企业里做事。同事欺生，常指使她做跑腿的活，每日里负责帮他们叫外卖，帮他们送信件，帮他们去超市里买这买那。甚至，帮他们擦桌子，倒茶水。她忧伤且有些激愤地说，社会真复杂，她无法做到强大。

我告诉她：真正的强大，是内心的强大。现在你做这些跑腿的活，就当是在锻炼自己的意志，和耐性，为你的强大做准备。

又，生命短暂到用指头数几数，也就没了。一生中，你有多少时间可以相守？所以，珍惜，别浪费。而抱怨、生气、烦恼、仇恨等，无疑是在浪费生命，浪费自己。学会宽容，宽容地对待这个社会，对待自己，你就会无往而不胜。

送自己一朵微笑

　　熟悉的东西无有改变，也是一种恩赐。都还在着呢，便是安慰。

　　有些事情，其实我们很容易就能做到。

　　比如，送自己一朵微笑。

　　一朵，刚刚好。就像一枝带露的玫瑰，散发出清晨特有的清香和甜蜜。又像春天枝头刚爆出的一朵新芽，柔软且纯真。

　　美好的一天，是从清晨开始的。第一缕晨雾。第一片阳光。第一声鸟鸣。第一袭花香。——这一些，无不是崭新的。而你，从黑夜里泅渡过来，沐浴着新的生命的光泽，便也是一个全新的你了。多么值得庆幸，你又迎来光明的一天。

　　为什么不送自己一朵微笑呢？

　　来，对着镜子。

　　若是没有镜子，就对着一面窗玻璃吧。

若是没有窗玻璃，哪怕对着空气也行。眉毛弯弯，嘴角上扬，一朵微笑的花，就开在你的脸上了。你的心田里，会充溢着一种芬芳。

　　享受这种芬芳吧。你会发现，门前掠过的车声人语，要比往日的动听。家里长着的那盆植物，要比往日的葱茏。简单的早餐吃在嘴里，也比往日的滋味绵长。普通的衣穿在身上，也比往日的合体熨帖。而你，真的有些不一样了呢，你容光焕发，身体轻盈，眼中所见到的，都仿佛镶着一对会笑的眼。你跃跃着，想对这个世界打声招呼："嗨，你好早晨。"

　　扣上门，上班去。你的嘴角，还是上扬的。看树，树在笑。看草，草在笑。陌生人相遇，也都是友善的。谁会对一个微笑着的人施以颜色呢？不会的。你从来没有觉得，这个世界，原来是这样的温和可亲。

　　每天必走的路，是厌倦过的。可是，今天却大不相同了。车窗外掠过的房屋、街道和行人，肩上都落着晨曦的光芒，看上去又温暖又美好。一些熟悉的街景，也有着说不出的温馨。一棵法国梧桐，站在一家卖小饰物的小店门口，树又高大又茂密，像撑着把绿色大伞。小店的名字这回你看清了，叫"转角微笑"。你为这个名字暗暗叫好。想象着起这个名字的主人，一定总是嘴角含笑，满面春风。卖早点的摊子前，坐着三五个客人，馄饨或是面条上面，荡着一层晨雾般的热气。还有那个烧饼炉子，守着它的，竟是一个长相不错的女人。烧饼出炉了，买烧饼的人排成了队。你想象着那种香。每日里能与这种香相亲相爱，也是福分。修鞋的师傅开始出摊了，他把摊子摆在一棵合欢的下面，暂无生意，他坐在矮凳上，双手拢起，笑嘻嘻地看街景。那棵合欢，夏天连着秋天，都在开着花。一树的粉艳，把俗世的寻常，映得天晴日暖。你第一次充满感激，熟悉的东西无有改变，也是一种恩赐。都还在着呢，便是安慰。

你就这样一路走，一路看着、想着，有再相逢的喜悦。以前觉得漫长无趣的上班路，变得短暂又好玩了。你带着这样的心情，开始你一天的工作。你意外地发现，你的一颗心里，不再有抱怨，只有欢喜，鸟鸣雀叫，繁花似锦。寻常的每一天，原都是好日子。

宝盖草

身边的事物，被我们漠视掉多少？

宝盖草为什么叫宝盖草呢？好奇怪的。

我小时就对此百思不得其解着。它喜欢长在地沟旁，或是田埂边。我坐在田埂上，伸出小指头，对着它的一点红，点下去。它弹跳一下，又挺直身子，顶着那一点红，不动声色看着我。我再点下去，它再弹跳起来。我们就这么玩着，不厌其烦的，能玩上大半天。

它的样子好看。一枝茎撑着，叶片子一圈儿一圈儿地缀着，每一圈都有八九片叶子到十几片不等，参差着。一圈与一圈之间，隔着一定的距离。它就这样一层一层地，一圈一圈地码上去，每一圈叶子都呈花开状。有些像宝塔。对，我觉得叫它"宝塔草"，似乎更形象。

春天刚苏醒，我们到地里去，就看到它了。它好像比春天醒得更早。

这个时候，它的叶片子早已长成，是一棵完整的植物的模样。它从那一圈一圈的叶子中间，探出点点红来。那红，比桃红要深一些，比紫红要浅一些。像小星星，也像田鼠的小眼睛。它在向春天宣告，它要开花了！粗心的人见到，不以为那是花苞苞，以为是叶子本身就长那个样子呢。

它是个占有欲很强的孩子，春天的席位才刚铺开，它就早早抢得个好座儿。咋咋呼呼地说：我要拔得头筹。接下来，它却不急了。桃花开了，它还没开。梨花开了，它还没开。菜花开了，它还没开。它就那么顶着那些颗"小星星"，懈怠懒散地闲待着。总要等到荠菜花开烂了，它才慢悠悠地，撑开那些颗"小星星"，一点一点地，往外拖着好颜色。

开好的宝盖花，很特别。有人形容它，"像一只从洞穴里探出头来的小兽"。这只小兽粉粉的，有着长长的小脖子。俏皮着。

我们小时是等不得它开花的，就采了它，给猪吃。成篮子成篮子地采。那时的猪也幸福，吃的全是纯天然。猪不知，此草还是很宝贝的药草，若用它泡酒，可养筋活血。不过，我从没见大人们拿它泡酒。穷日子里，饭都难得到嘴，哪还有酒可喝！

现在难得见到宝盖草了，得去寻。小城的紫荆花开得沸沸的时候，我去看紫荆花。在紫荆花旁的一条水沟边，看到好些株的宝盖草，花也都开好了。真是意外。

去一所新建的学校做讲座。一进门就看到有个圆形的花坛，上面栽一棵松。松树的下面，野花野草们相处和睦。还有一两棵油菜花，也在那里凑热闹。我真替它们庆幸呀，没有人拿它们当杂草除掉。

我蹲下去，一一招呼它们，就看到了几株宝盖草。它的花还未盛开，绿叶子中间，冒出点点的红。像谁不经意用蜡笔轻点了一下。我想起它另有个好听的名字，叫"珍珠莲"。细看，还真像镶着一颗颗红色的小珍珠。

旁边走过一些孩子，他们好奇地看看我，又走开去了。后来，我在讲座时，提及花坛里的宝盖草。台下立即议论纷纷：哦，还有这种草？

身边的事物，被我们漠视掉多少？我相信，在我的讲座之后，会有一些孩子，跑去花坛那里，寻找宝盖草的。

对于宝盖草来说，尽管那是迟来的相认和问候，它应该，也很高兴了。

香诱

唯有一些好闻的气息，能经久在我们的记忆里，让我们反反复复咂摸，隔再久，那气息似还在我们的鼻翼间停着。

每年桂花开，我都忍不住要为它唱唱赞歌。它配。

别的花想尽办法"色诱"，拼命往艳里头艳去，千娇百媚姹紫嫣红着。它呢，只素朴着一张小脸，不惹人注目地隐居一隅，默默积蓄着力量，不声不响地放着香。这一香就了不得了，把一个天地都给惊着了。香啊，太香了！香得无法无天，香得众生倾倒。细想想，它的手段才真叫高明呢，以无形胜有形，不争不喧，不露不显，却让人小觑不得牵肠挂肚。它是"香诱"。

多好，香诱！人闻香而至，多了盘旋，多了惊喜，多了寻觅的趣味。人甘愿沦为它的俘虏。

再多的人面娇花相映照，在时间的长河里，也会慢慢被汰洗得浅淡了，模糊了，唯有一些好闻的气息，能经久在我们的记忆里，让我们反反复复咂摸，隔再久，那气息似还在我们的鼻翼间停着。就像一个品质极好的人，分别一些年后，你早已淡忘了他的容颜，可你仍清晰地记得他的品质，你给他下定义，称他是"好人"，你很怀念他。一个人的品质，是一个人的气息，是一个人特有的味道和格调。花亦如此。

桂花是有格调的花。

每年，我们掐准着时辰，盼着它来。风里带了凉，雨里带了寒，知秋已至，心里便开始欢喜起来。桂花快开了吧？我们心心念念着。

这个时候，我也总是心神不宁着。我看书时，心是游离着的。我做事时，心是游离着的。哪怕我在吃着饭呢，心也是游离着。——桂花的香，在勾我的魂。直到我换衣换鞋走出家门，我的心，才算有了着落。我的脸上，有了灿烂，我独自微笑着走过小区里的几棵桂花树旁。碎米粒一样的桂花，藏在叶间，香味不负我望地，洒播得四下里皆是。人高马大的门卫，也被吸引过来，在它旁边转悠，他掐一枝，搁门房桌上，看见我，他笑得糯糯的，说：香呢。我赞同地点头称：是，是，香呢。

出小区，左拐，走不多远，就走上一条桂花道，道旁全是桂花树。我在那条路上，来回晃啊晃啊，从东晃到西，再折回来，从西晃到东。我不在乎路边凳子上坐着的人的目光，他盯着我看好久了。我旁若无人地微笑着，我相信，我的笑容里，一定有桂花香在飘。我继续我的晃荡，心里面感激着，栽了这一丛桂花树的人。直到一颗甜果子似的夕阳，融化在桂花香里。

　　暮色四起。暮色真是暧昧得很哪，有什么东西在发酵着。空气也是暧昧着的，是涂了脂抹了粉的。风也是暧昧着的，它吹着吹着，就软了骨头，香甜得有些妖娆了。满世界都浩荡着香诱。这个时候，真适合谈一场婉约的恋爱。或是，怀想一个温柔的人。

一雨成秋

这世上，总有些好，让你无由地喜欢。

晨起，有雨。穿着短袖嫌凉了，我折回屋，翻出一件开衫套着。

邻人相遇，脸上有喜容，站定雨中，报喜似的笑着说：下雨了呢，天凉了。

是啊，下雨了，天凉了。

这个夏天，真叫难挨，天地间像着了火，从南燃到北，一路燃过去。人们每日里望着天上的大太阳，发愁着，不知这样的炎热，什么时候才能过去，对秋的渴盼，比哪一年都来得强烈。

秋终于跟着这场雨来了。与夏日的凌厉和咄咄逼人不同，这时的雨，多了温柔意。它不紧不慢，不慌不忙，像绣娘在绣花，以天地为布，横几行，竖几行，行行复行行，密密的。秋的模样，便在"绣布"上逐渐显现——

苞谷熟了。稻子黄了。红薯该挖了。葵花籽该收了。枣树上的枣，红得像女孩的唇。石榴树上的石榴，跟一群胖娃娃似的，咧开了嘴在傻乐着。柿子树最入景了，一树一树的柿子，像镶着无数的红宝石，令人驻足了又驻足。

楼下人家长的那架扁豆，一个夏天只顾长藤长叶，偶尔冒出几朵花来，也是开得漫不经心的。这样的一场雨后，它忽然开了窍，懂了事，扬起理想的帆，花一嘟噜一嘟噜地开，荚一嘟噜一嘟噜地结。从前的好时光都轻慢了，它要好好把握住当下。于是乎，人乐了，天天可以摘扁豆吃。母亲说，用芋头烧扁豆，比烧肉还好吃。母亲在老家屋后长了一大片芋头，绿叶蓬勃，碧波荡漾。那些芋头，有一大半将被输送到我这里，一日一日，暖香我的胃。

这个时候，一些叶子也开始好看起来。譬如银杏树的叶。它们一点一点染黄，远观去，黄花朵一样的。满树缀着这样的黄花朵，灿烂了半边天，你只能用"惊艳"来形容它们了。梧桐树的叶，则像怀旧的纸张，焦黄焦黄的，适合在上面写相思。有人开始计划着要去看枫叶了。"小枫一夜偷天酒，却情孤松掩醉客。"诗人杨万里的比喻委实可爱，秋天的枫叶，可不就像少年偷喝了酒，纵情地醉上一醉。

栾树最大方了，它捧出一捧又一捧鲜艳的果，与天地共享。我从汉中平原乘车一路过去，往秦岭深深处去，路边飞掠过一些树，满满地擎着一簇一簇的红，艳透，于满目的苍翠之中，实在突兀极了。心想着，什么花，这么张扬！趁着车速减慢，我盯着细看，突然惊觉，那是栾树啊。也只有它有这等本事，把果实整得比鲜花还艳丽。

紫薇开得更是热闹，有点人生得意须尽欢的意思。它攒着无数桶的红粉蓝紫，这个枝头刷上几刷子，那个枝头刷上几刷子，快乐得不成样子。像心无芥蒂的小姑娘，你待她好，她开心。你不待她好，她仍是开心。她的灿烂，与你无关。我所在的校园里长着几棵这样的紫薇，我去教室给学生上课时，看见，笑一下。下课时回头，还看见，再笑一下。心头漫过一片粉。

这世上，总有些好，让你无由地喜欢。它在那里，它就在那里。因了它，简单的日子变得充实，也变得让人有了念想和留恋。

秋 色

　　那个光阴，那个遇见，对我，如同馈赠。

　　四季皆各有各的色彩，春有春的，夏有夏的，冬有冬的，然唯"秋色"最适合轻声念出。秋——色——你轻轻念出这两个字的时候，真是温柔到极点，又斑斓到极点了。

　　秋色到底是种什么颜色呢？站在一片秋色中，你会惶恐，你会心慌，你会意乱情迷，然又是那么怡悦，怡悦到无可无不可。

　　你真的回答不了秋色到底是种什么颜色。说它是五颜六色五彩缤纷，都显得轻浮了。可是，真的很缤纷呵，即便随便一片草叶上，也描着万紫千红。

　　秋色就是这样的，随便从它家门里，走出的哪怕是一个微不足道的小丫头，也是通身气派。就像大观园里的平儿，农妇刘姥姥初见她，慌得纳头便拜，口呼"姑奶奶"。她把她当贵族少妇王熙凤了。

栾树一边开花，一边结果。开花是热烈的，结果也是热烈的。花是黄灿灿一片黄，果是红彤彤一片红。每回见着，我都要被它的气势给震住。太浩荡了！对，就是浩荡，一出手就是一片大好河山。我站在我的楼上望过去，目光所极之处，都是它，高低起伏，绿底子上，是大桶的颜料泼洒，红红黄黄，如峰如峦，如沟如壑。我这样望着，爱死了我居住的地方，它小，人口不过百十万。可是它又大得不得了，能容得下一个秋天，能捧出最好的秋色。

其他的树木上，也是秋色肆意。桂花把秋色扛在肩上，到处广告。那香，也是秋色的一种。你一见，就欢喜得不得了，知道秋已灼灼。最炫目的，要算枫和黄栌了。秋风也不过吹了两场，秋雨也不过降了几滴，它们就开始描眉画唇地打扮起来。起初你也未在意，不过是这里描一点红，那里描一点黄。可是，是哪天的哪天，你突然看到它们，把家底儿全给掏出来了，盛妆着，盛装着，华丽逼人。你差不多不敢直视那种美，它们美得太咄咄逼人了！

还有银杏。银杏绝对是大户人家出身的，它一旦秋起来，那通身的富贵气，绝对耀眼璀璨，你假装看不见也不行。它就是那么雍容那么不可一世，你还能怎么样呢，你只能惊叹。我在一个从前的私家园林里，看到一地的银杏叶，铺成黄金毯。我站着看，只觉得好，好得不能再好。那个光阴，那个遇见，对我，如同馈赠。看管园林的老人说：这叶子，我们不扫，留着看呢。我不由得多看了老人两眼，老人瘦瘦小小的，两颊凹陷，唇旁有个蚕豆大的紫斑。这样的老人，在大街上的人群中走着，大约是没人愿意留意的。可他在一地的秋色旁站着，就有了明艳和亲切，浑身散发出满满的好意。留着看呢——他说。这话让我激动，多好！把秋色就这样挽留着，能留多久，就留多久。

还有梧桐。每一片梧桐叶，都像是帆，鼓胀着秋色，就要远航去了。我在一个学校讲座，完了，一孩子气喘吁吁跑来，手里拿着一片刚捡到的梧桐叶，褐色焦黄的，看去，很像一张牛皮纸。孩子请我在上面签名。我高兴地一边签，一边问那孩子：为什么想到捡片梧桐叶来给我签名呢？孩子答：我觉得它很美。我抬头看那孩子，红扑扑一张脸，有着鼓鼓的额，像只饱满的橘，我心情大悦。至今想来，这是我遇到的最好的秋色了。

在秋天里，我还要劝你，多去小河边走走吧，最好是乡下的。你多半能遇到苇和茅，它们都顶着绝美的秋色，一头褐黄，一头雪白。如果是成片连在一起的，那绝对像看大片一样过瘾。千军万马跃过，也不过如此。你会又惊喜又感动，纵使行至暮色沉沉，那骨架子也不倒，这是尊严。植物也如人一样的，是有尊严的。

果实上的秋色，我就不一一细说了吧。"最是橙黄橘绿时"，说的是这样的秋色。"香稻既收八月白"，说的是这样的秋色。范仲淹有句"秋色连波，波上寒烟翠"，在秋天里念念，最是动心。再不用多说了，就这一句，足以告慰整个秋天了。

秋　露

　　尘世里，总有些什么，让我们不自觉地微笑，使我们的坚硬，在一瞬间变得柔软。

　　秋露降了。

　　这是不知不觉中的事。微凉的清晨，出得门来，空气中都是秋露的味道，不由得人不深呼吸一下，发出会心的微笑，哦，秋露呢。

　　尘世里，总有些什么，让我们不自觉地微笑，使我们的坚硬，在一瞬间变得柔软。婴儿的梦呓，幼童的稚语，夕阳下，相互搀扶的老人……这些生动的，偶然撞进眼里来，便像有小手轻轻在心门上敲了一下，只为问一句：有人吗？哦，我来了。

　　人与人，物与物，人与物，总有相通的地方。那种秘密通道，未必可知，却在某一日某一时刻，赫然相逢，就那么轻轻一叩，便是相知。

就像遇到秋露。

那是菜叶儿上的，花朵儿上的，草尖儿上的，人的眉睫上的……秋还未深得那么很，天气也未凉得那么透，一切还都有着碧绿的欢喜。秋露降了，莹莹复盈盈，在草尖上滚动，在成熟的稻谷上湿润，在花朵里安睡……母亲从地里归来，眉毛上沾着秋露，衣袖上沾着秋露，笑容里，也是秋露。母亲说：外面露水大呢。一边把一篮子羊草，倒进羊圈里，那里有羊三只，它们有着洁白的身子，温顺的眼睛。

秋露降落的那个清晨，在多年后我的记忆里反复出现，我温暖地想着母亲，想着故土。我很庆幸，我是个有根的人。

"绝顶新秋生夜凉，鹤翻松露滴衣裳。"这是写秋露的，诗里的秋露，有些像调皮的孩子，在松树上捉迷藏呢，却被更调皮的鹤，打落树下。有人从松树下过，那露，就滴到人的衣上。我很爱这句诗，读着，心里有欢喜。秋露浸润的清晨，我从一排树下过，仰头，也希望有露滴落下来，湿了我的衣裳。

又一个秋露浸润的清晨，我相遇一妇人，其时她拖着一拖车的蔬菜，走在路上。那些蔬菜，全是碧绿澄清的，叶上沾着露，水灵灵的，让人不忍移了眼。妇人是要去菜场赶早市的，妇人冲我笑，说：刚下过露的菜好吃呢。我点头，停下买。妇人高兴地给我装袋，称秤，我惊讶地发现，她一只手上，断了三根手指。心里有同情暗生，妇人的脸上，却水波不兴，她一边给我装袋，一边跟我唠叨，说：往后的蔬菜，会更好吃的，下过霜下过雪的。

　　突然释然，无论过去有过什么不幸，日子里，却充满期待的美好。秋露过后，会下霜。霜过后，会下雪。雪过后，春天也就不远了。

猫叹气

那些散落民间的，曾与人们的日子息息相关的，如今，已难寻踪迹。

猫叹气是一种物件，具体地讲，是一种竹篮子，大肚子、长颈、带盖儿。过去贫穷年代，人们好不容易省下点咸肉、咸鱼啥的，就装在这样的篮子里。猫儿闻见腥，围着篮子转圈儿，却因篮子颈长，又盖了盖儿，猫儿急得抓耳挠腮，也吃不着里面的东西，只得对着篮子叹气。

知道这物件，缘于我的一个读者。读者在盱眙，离我的小城有五六百里。某天，她去菜场买菜，看到一个老人，坐在一堆竹篮子中间编篮子，猫叹气赫然立在一边，稚朴，充满古趣。因我在文字里常写些旧人旧事，她一下子想到我。她想，我一定喜欢这样的猫叹气。

何止是喜欢？我简直激动了。她描绘的场景首先打动了我，想想吧，菜场边人来人往，一个老人，气定神闲地坐在一堆篮子中间，他手里的竹篾子上下翻舞，这动作，如今还有几人会？快成绝版了。

我也心心念念于那种篮子，居然叫猫叹气，生生勾了人的魂。可爱的读者善解人意地说：你若喜欢，我买了寄你，不贵，才18块。——等不及的，我立即上街，在小城的大街小巷寻开了。

转一大圈，在一条不怎么热闹的街边，杂七杂八的地摊中间，我终于看到也有卖竹篮子的。守着的，也是老人。谁买呢？现在纸袋布袋多的是，谁还会提着笨拙的竹篮子晃来晃去？老人的生意清淡，他看着大街，脸上也无风雨也无晴，是随遇而安吧。

我蹲到那些篮子跟前问："有猫叹气卖吗？"

老人的眼睛，被我这一句问话点亮，他备是惊奇地看着我："你知道猫叹气？"

"嗯，我想买一个。"我说。

老人左右打量我，居然没再问什么，爽快地答应："你要的话，我给你做，你明天来取。"

隔天，我如愿以偿得到猫叹气。

篮子是簇新的，散发出成熟竹子的味道，上面还留有老人的余温，做工相当精致。我拎着它回家，心里面潮湿起来，我想起遥远的一些称呼：草匠，鞋匠，锁匠，铜匠，铁匠，篾匠……那些散落民间的，曾与人们的日子息息相关的，如今，已难寻踪迹。

　　猫亦早已不用叹气了，它们养尊处优着。那些称呼，和载着那些称呼的人，都已老去。我在这个长颈的竹篮里，放了些干花之类的小零碎，用以怀念和挽留。

看 雪

　　俗世里，我们本来所求不多，只要这样的一场雪，只要这样一场平凡的相守和温暖。

　　今年的冬天，雪来得勤。三五朋友，得闲了便相邀："赏雪去？"我说："不，是看雪去。"我以为，"赏"太隆重了，是大观园内，宝玉和一群贵族小姐们，披了大红猩猩毡与羽毛缎斗篷，聚在雪地里拥炉作诗，旁边的美女耸肩瓶里，一枝红梅开得艳艳。这场景，绮丽得有些过分了，最终落得曲终人散两不见。寻常人，还是看雪的好，抬眼是看，低头亦是看，路边可看，桥头亦可看，随意又自在。

　　曾听过一首与雪有关的曲子，叫《踏雪寻梅》的。邓丽君唱过，但我还是喜欢听一群孩子合唱的。童稚的声音，晶莹得雪花儿似的，充满情趣。"雪霁天晴朗／蜡梅处处香／骑驴把桥过／铃儿响叮当／好花才得瓶供养／伴我书声琴韵／共度好时光"，真是一幅绝妙的雪景图，却又是鲜活的。一场大雪后，天放晴了，积雪在阳光下，闪着钻石一样的光芒。一人骑驴看雪，何等悠闲！他遇桥而过，桥那边的雪地里，有梅可折。一路的铃铛声，惊醒了睡着的雪了。

刘长卿有首写雪的诗，则适合慢慢念。念着念着，俗世里的温情，就氤满唇齿间。"日暮苍山远，天寒白屋贫。柴门闻犬吠，风雪夜归人。"一场大雪，搓棉扯絮般地飘着，已飘了一整天了，白了苍山白了小屋。小屋的男主人，一早就狩猎去了，到晚上，他才顶着风雪归来。肩上扛着的长矛上，挑着一两只野兔，他今年丰收了。他咯吱咯吱踩着积雪，放眼处，都是雪啊，一片白茫茫。却在那白茫茫里，有一豆灯光，如暗夜里的一颗星星，远远地迎向他。那是他的女人，在倚门等他归呢，锅里一定炖着热腾腾的汤。想到这里，他的心不由得一暖，脚步加快。

近了，近了，褐色的柴门，映在白雪地里，暖乎乎的一团。卧在草垛里的大黄狗，听到主人的脚步声，欢叫着迎上来。这时，柴门"吱哑"一声开了，屋内的人儿，已站到门口，笑吟吟道："回来了？"然后接过他的长矛和猎物去，一边帮他拍打着身上的积雪。一个世界的冰寒，被搅动出一团的温馨来。

俗世里，我们本来所求不多，只要这样的一场雪，只要这样一场平凡的相守和温暖。

我想起乡下的母亲，雪落得紧的那会儿，她一定也站在家门口看雪的。家门口长一棵枣树，还是我们小时在家栽的，很有些年纪了。每年秋季都挂枣，枣儿成熟了，母亲会拣大的，留着，等我们回家吃。这时节，枣树的叶应该全落光了，繁密的枝条上，却有千朵万朵雪花开。母亲看的不是这个，母亲看的是不远处的田野，那里，洁白的雪，白砂糖似的，覆着一些植物，麦子呀油菜啊，来年可就大丰收了。瑞雪兆丰年啊。

第二辑
捡拾幸福

我望见了这个尘世间最朴
质的相守，无关山盟，无
关海誓，无关富贵荣华，
只要稍稍转过头来，你就
能望见我，我就能望见你。

每一天醒来，都是恩赐

我的心，因自然变得更柔软。因柔软，生出更深的热爱。

新年的第一天，我在日记里写下这行字：

　　　　新的一年，我要喷喷香香地过。

现在，我回望站在旧年门槛上的那个我，真是很喜欢她呀，我想去拥抱她。——真可爱，那颗想要喷喷香香过日子的心。

我做到了吗？我暗问自己。

——我大体做到了，我这么回答自己。

这个时候，我正在我的小区后面散步。那里有东西横亘的一条小河，河边有厚厚的绿化带。虽是冬天，可是常绿的植物，比如桂花，比如广玉兰，比如女贞和樟树，比如竹子，也还绿着，只是颜色往深沉里去了，静穆庄严起来。时有鸟啼声，从树丛的深深处飞溅出来，婉转的一两声，就那么很突兀地溅湿了耳朵。似乎是谁忍不住这静穆，拿石子投入水心，溅起一两朵调皮的浪花。静穆的时光，就有了活泼的动感。

我喜欢这样的时光，喜欢得不得了，又清简，又宁静，好像专为我一人所设。虽然，天阴着。然心里有芬芳，这世界，也就是芬芳的。

果真有芬芳在迎我，是蜡梅。几十棵蜡梅聚在一起，很有点苑的意思了。我且叫它"蜡梅苑"。我踏进这"苑"中，一股甜香雀跃地扑过来。我一愣神，蜡梅开了！——我是惊呼出声的。请原谅我的惊呼，我常常要这么大惊小怪着。虽说每年都会见到蜡梅开，但再次见到，我还是要且惊且喜着，一如初见。有人说，有一种幸福，叫重复。确实如此。好多时候，我们重复着走着同样的路，遇着同样的景，说着同样的话，惊着同样的喜，一切都没有变，一切都安好着，还有什么比这更好的事呢！

是的，这一年，我还是一如既往地爱着大自然，爱着日月星辰花花草草。只要一得空闲，我就跑到自然里去。梅花、桃花、海棠、樱花、菜花、牡丹、蔷薇、荷花、凌霄、三角梅、桂花、菊花……甚至是茅花，我就这么一路看过来，每一次与它们相见，我都当作隆重节日来过。心情再低落再消沉，看看花，也就好了。因为，没有一朵花不是灿烂的。

我的心，因自然变得更柔软。因柔软，生出更深的热爱。

热爱，才是人生的真正追求。一日三餐，虽是寻常，但因为有热爱，滋味就变得不一样了，有了嚼劲，有了绵长。身边的人和事，虽是日日相见，但因为有热爱，你总能在点滴细微中，发现不一样的好，你想温柔地说话，温柔地微笑，想与之偕老。

还是喜欢阅读。

我在我的每一本书里，夹着些我捡来的花瓣、落叶，每日晨读，翻开一页纸，看到那些花瓣，那些落叶，心里会腾跳出欢喜来，我会记起一些往事，一些旖旎，冬日亦不觉清冷荒凉。

我把天光读亮，和早起的鸟儿一起迎接阳光，这是我每日的功课。看浓浓的黑，在窗外渐渐融化了，像雪一样地融化了，天边露出蟹青色，继而变成绯红，天光大亮了。——这真叫我无限欢喜。我热爱每一个清晨，我喜欢它像初生的婴儿般的。

我也继续写写画画。不在意谁会喜欢，谁会不喜欢。我早已过了要去讨好谁的年纪，我只遵从自己内心的意愿，想怎么写，就怎么写，想怎么画，就怎么画。

这一年，我脸上添了些皱纹，和一些斑点，但还是满满一颗少女心。容颜也老，那是必然规律。我不跟岁月抗衡，没必要，也抗不过。我要把握的，就是当下，就是此刻。所谓生活，所谓幸福，它其实不关乎昨天，也不关乎明天，它关乎的，只是现在。该来的，总会来。该走的，总会走。顺应天命也就是了。

这一年，我亲历过几次死亡。朋友顾，同学朱，还有小朋友珺珺。

顾曾是我老公的同事，与我家往来亲密。他住城郊，有农田几亩，种些时蔬。蚕豆上市，他送蚕豆给我。玉米上市，他送玉米给我。家里做年糕，他提着一方便袋的年糕送我。胖乎乎的脸上，眼睛常眯成一条缝，见到我，很尊敬地叫：丁老师。啊，我也曾是个文艺青年哎，他这么说。每回总得我几声嗤笑：就你？我这么笑他，他一点不恼。他实在是个好脾气的人。然就是这么个好脾气的人，却在六月初的一天，突然走了，说是胸口疼，去医院，再也没能自己走出来。

同学朱，我高中时，班上的团委书记。别的同学我印象模糊，但他我记得，因为，成绩好，人老实，不爱说话。我对老实人总另眼相看，因为我也不爱说话。这个同学后来进了警校，回东台做了警察。我老公是警察，我弟弟是警察，他们与他常常碰到，我便也有机会见上一两次。他也还是老实，笑笑的，话语不多。却在一年前查出，得了癌。然后治疗，然后休养。五月里高中同学聚会，我因在外地，没有去。听说他去了，精神很好，还和大家一起玩牌了。然两个星期后，却传出噩耗来，他走了。

小朋友珺珺，和我儿子青梅竹马。是真正的青梅竹马。她比我儿子略大一点儿。那时，在派出所大院子里住着，两个孩子成天在一起玩。我儿子不肯上幼儿园，非得她陪着，才肯去上。然后的然后，这孩子花儿般成长起来，考进南大，毕业后进了华为。然不久，被查出患了急性白血病。

我去看她，是她化疗之后。经过九死一生，她已瘦得皮包骨了，两只眼睛特别大。我抱抱她，想哭。她却很平静，跟我说些病中的事。对前途，也是乐观的，说遇到一个好医生。这时候，别的东西再不奢求，所奢求的，就是活下来。

然而，她没能活下来。再次化疗，她不作挣扎了，她放手了。

我只能如此解释，人与这尘世，缘分有深有浅。深的呢，在这尘世逗留的时间会长一些，浅的呢，只是走来看看，看看也就好了。

我的路上，还将面临多少这样的生生死死？也没别的办法好想，来一个，我接受一个。我能把握的，也只是我的心，不过于悲伤，不过于哀切，因为，那都无济于事。我更懂珍惜，活着不易，每一天醒来，都是恩赐。

老古董

　　我伸手轻轻抚，我抚到那个叫岁月的东西，它还青嫩着，还是充满好奇和幻想，在暗夜里，把一朵花，想象成天堂。

　　我家原是很有几件老古董的。我奶奶的铜镜，和冬天焐脚用的炭炉子，纯铜的。还有我爷爷的水烟台，亦是纯铜的，吸管上都镂着花。我爷爷在八十来岁上，有些老糊涂了，把这些老古董，都卖给一个收荒货的了。他举着得来的二十块钱，像赚到一大笔似的，笑呵呵地冲我爸说：卖了这么多钱啊。

　　还有张一滴水的床。为什么称"一滴水"呢？不知。现在，我查阅了很多资料，也没找到满意的答案。问我爸，老爷子根本没想过这事，他也犯迷糊了，说：大家都这么叫着的，这种有踏板，有一道檐的床，就称"一滴水"。

　　好吧，我就当它是生命中的一滴水。这么想着，倒也贴切，睡觉是人生大事件之一，床是睡觉不可或缺的，如水之于生命。

那床，少说也有二三百年的历史了。我奶奶的奶奶曾睡过。全檀木的，上面精雕细镂着许多花卉，如牡丹、梅花、菊花、兰花等。小时我躺在上面，临睡之前，必做的功课是，睁着眼，把那些花啊朵的，数望数遍，且伸出小手指头去抠，想抠下一朵花来。

床至今我爸妈仍睡着。上面的花朵，有些褪色了，却还是一眼就能辨认出，哪是牡丹，哪是梅花，哪是菊花，哪是兰花。我伸手轻轻抚，我抚到那个叫岁月的东西，它还青嫩着，还是充满好奇和幻想，在暗夜里，把一朵花，想象成天堂。只是一个一个与它相关的人，却老了去。

我家还有件老古董——茶凳。昔时，是大家人家所有之物。我爷爷奶奶都出生大家，前几件古董，都是我奶奶的陪嫁物，独这一件，是我爷爷家传的。这张茶凳长约一米，宽约两尺，外表是深茶色的，光滑，光亮，挺沉的。我们小孩单个儿是搬不动它的，遂得两个大些的孩子，一人挽一头，把它挽出去。

夏夜，屋子里是待不了的，我们都到屋外去乘凉，茶凳是必搬出去的。再热的天，那茶凳摸上去，也是冰凉冰凉的，从每一丝木纹里，都透出凉意来，如玉。邻里有人过来乘凉，我奶奶必让出茶凳给他们坐，几个大人坐在上面，一边摇着蒲扇，一边闲闲地说着话。

大多数时候，茶凳归我们孩子所有。我们追萤火虫追累了，轮流在上面躺上一躺。我们数着头顶上的星星，怎么也数不完。门口稻田里的蛙们，鼓着腮帮子，使劲儿唱着歌。虫子们在弹琴。南瓜花掉了，啪一声，打翻了一滴露珠。晚饭花的香气，若有似无袭过来。一个天地，陷入一种妙不可言中。

有什么可说的呢？什么也不要说呢。大人们也都微笑地静穆着，眼睛看着什么，或什么也没看，他们轻摇着蒲扇，等到露珠打湿眉毛，也就一个个站起来，打着呵欠，踱回屋里去睡了。

那张茶凳，后来不知所踪。是被我爷爷卖了，还是被谁顺走了？不得而知。但我想，它一定还在这个世上，被谁拥有着。那个拥有它的人，会不会在它上面触摸到，从前的夏夜，那些多如萤火虫一样的星星，那些风吹花落的时光？

我愿做一只陶罐

这世上不缺少快乐，缺少的是一颗，寻找快乐的心。

一

我每天早起的第一件事，就是问候一下我的花草们。一夜好睡，它们的心情看上去都不错。也有在梦中悄然绽放的，它怕是自己也不知。想它早起，猛然一转身，看到自己头上顶着一朵花，肯定要大吃一惊了，咦，我什么时候开花了？——这么想着一棵植物，我笑起来。我会为它的盛开鼓掌。

也有光长叶不开花的。我也为那些叶子们欢喜。能做一片叶子，也是好的。有什么不好呢？宇宙之大，各有各的存在和轨迹。相对于存在本身来说，无所谓伟大和渺小。我祝愿开花的好好开花，长叶的好好长叶。

我祝愿一切生命，长成它自己想要的样子。

二

有阳光的时候，我让一朵或几朵阳光，爬上我的身体，从眉毛，到嘴唇，再到心脏。

我也就成为一个发光体了，光芒万丈。

我会对同样在阳光下的那个人说，我爱。

为什么不说呢？有这么好的阳光，有这么好的世界，而我们，是多么好的两个人。

不辜负这份好。那么，就在还能清晰地表达爱意的时候，多说几声，我爱，我爱！

三

吃柚子的时候，我把柚子肉细细掏尽，壳晾在窗台上。一些天后，它就成了很好的器物。

装花，是再好不过了。

前些日从南通带回的一篮子花，搁家里很久了。是一个小女孩送的。她读我写的书，喜欢得很，用花来表达她的喜欢。

小女孩长着一张百合花似的脸，字也写得极其秀气，我看到花时，就很自然地想到她。想她长大后的样子，灼灼其华，谁才配得上她呢？

这么久了，一篮子的花，自动风干成干花。

我修修剪剪，把它们装到柚子花器中。退一步看，好看。进一步看，还是好看。左看右看，上看下看，就是好看。好看得要命。

一个上午，我因这一柚子的花，开心不已。

这世上不缺少快乐，缺少的是一颗，寻找快乐的心。

四

读书。越读书越觉得自己的浅薄。

我从不否认，我的能力很有限，才华也很有限。

谁能做到登峰造极呢？谁也不能。我们一辈子，最虔诚的生活态度是，永远做个小学生。学无止境。

五

我们人，就好比各式各样的容器，或大或小，或精致或粗陋。大有大的用途，小有小的用途。比方说，青花瓷里插一枝梅花，或一枝荷，当十分优美。瓦罐里养上一蓬铜钱草，会很是生机勃勃。关键是，你要让你这个"容器"里，有相应的内容好装。

如果让我选择，我愿做一只陶罐，上面开满小雏菊。

世上的美，是多方位的，多层次的。而你我，都是美的一种。

数点梅花天地心

对于读书人来说，书是阳光。是空气。是水。是粮食。是衣裳。是挡雨的屋檐。是灵魂深处，住着的另一个自己。

先说一件跟书有关的往事吧。那个时候，我七八岁，刚认识了一堆汉字，觉得神奇。家里清贫，无书可读，父亲有记账本，被我拿来当书读。这样的"求知欲"，终于打动父亲，一天归来，他带给我一件礼物——一本小人书，《三毛流浪记》。那是父亲用他的口琴，跟别人换的。为这事儿，母亲埋怨地唠叨了他好几天。

那本小人书，对我来说，比布娃娃、比漂亮的衣裳、比好吃的糖果糕点，更加让我幸福，它胜过世上一切事物对我的吸引。我怀抱着它，一遍一遍看，甚至睡觉了，也把它放枕边。那些日子，世界单纯得，只剩下我和我的小人书。

可是有一天，我的小人书丢了。是弟弟趁我不注意，偷偷拿出去，跟一帮小伙伴炫耀，后来他们一起钻草堆，玩捉迷藏，玩着玩着，就把小人书给忘了。回头再找，哪里找得着？弟弟回来，哭丧着脸。我一听说小人书没了，立即号啕大哭，直哭得死去活来，天昏地暗。父亲母亲放下手里活计，帮着去找，他们几乎把全村的草堆都给掀翻了，也没找到我的小人书。结果是，我伤心得两顿没吃饭，而弟弟挨了一顿毒打，屁股肿得几天都没能落凳子。成年后，弟弟拿这事当笑话说，他说：姐啊，为你的小人书，我这辈子就挨了那一次打。我不说话，轻轻拥抱了弟弟，觉得很对不住他。

那时，村里有户人家，男人在一所中学做代课老师，家里订有一些报刊，我蹭饭似的蹭过去，借得一本两本来看。那户人家的儿子和我一般大，女主人每次拿书给我，都意味深长地说一句：读了我家的书，就要做我家的媳妇啊。我竟不介意，还认真地点头答应道：好。在那时小小的我的心里，只要有书可读，让我做什么都可以的。

我坐在田埂边读，割猪草的篮子放在一边。太阳渐渐沉下去，暮霭四起。我还舍不得合上书，就着天光看，随书里的人物，或悲，或喜，或微笑，或落泪，痴痴傻傻，竟不知要把猪草篮子装满了回家。有村人路过，自语：这丫头呆掉了。他们哪里知道，我盛着一篮子的快乐和好。清苦的童年，因有书的相伴，每一个日子，都有花在哗啦啦地开。

我就这样零零散散地读着，还备了摘抄本，遇到心仪的句子，会摘抄下来。也没深究为什么要读书，只觉得读书是件幸福的事。直到进入大学，大学里，有专门的图书楼，里面一列一列的书架上，满满当当的，全是书。我像在黑暗里摸索了许久的人，眼前突然洞开，外面的阳光和清风，一下子都灌进来。我激动得想哭，原来，世界是这么的大！我一头坠进去。我在《诗经》里畅游，几千年前的歌谣，一下一下地，撞击着我的心扉。人类的厚重，让我仰视和敬重。我在唐诗、宋词中漫步，千年前的烟雨，拂过我的衣襟。我如一株植物，沐浴着这样的烟雨，日益葱茏。窗外的蔷薇开过，谢了。窗外的玉兰花开过，谢了。窗外的梧桐叶青了，又黄了。这些，我都顾不上的。一季一季，因有书为伴，亦不觉得生活的单调。

等工作了，成家了，我做的第一件事，就是辟一间大大的书房，满壁皆书橱。我把每月的花费，大多数用在买书上。我还爱上逛地摊，在那里，总会淘到意外的惊喜。我曾在地摊上淘过一本徐志摩的传记，还淘过一本汉族风情史。没事的时候，我就那么逛着。每逢遇到一本好书，我就像遇到知己：哦，原来你在这里。那相遇的欢喜，无法言表。赶紧捧它回家，在薄暮的黄昏读，在静谧的深夜读，直读得唇齿留香，心满意足。

现在，我可以回答书是什么了。对于读书人来说，书是阳光。是空气。是水。是粮食。是衣裳。是挡雨的屋檐。是灵魂深处，住着的另一个自己。当你失意的时候，从书中能找到安慰。当你困顿的时候，从书中能找到力量。当你萧落的时候，书中的春天，永远在。这些，还都不是顶重要的，重要的是，一本好书，总能引起我们的共鸣，是那种从灵魂到灵魂的震颤，让我们即使身处浑浊之中，亦能保持欢喜与纯真，引领我们，向着那发着光的前路去。

南宋翁森在《四时读书乐》中写道："读书之乐何处寻，数点梅花天地心。"他是真正的读书人。冬日萧条又何妨？一书在手，读到兴致处，眼里的萧条都不见了，一个俗世也不见了，天地之间，只剩下数点梅花，艳艳地红。想来读书，也是艳事一桩呢，那是读书人与书的约会。

捡拾幸福

我望见了这个尘世间最朴质的相守，无关山盟，无关海誓，无关富贵荣华，只要稍稍转过头来，你就能望见我，我就能望见你。

我上下班，常要从一条小巷过。有时骑车。有时乘车。也偶尔，会步行。

小巷很有些年岁了，两边的房都泛着灰。大多数是老式平房，有天井纵深。朝向巷道的一面，开着小店，卖些杂七杂八的日常生活用品。还有蛋糕店、馒头店、卤菜店、理发店、水果店、裁缝店，和一家报亭等。一些小摊见缝插针摆在路边，是些乡下农人来卖时令果蔬的。蚕豆上市了卖蚕豆。草莓上市了卖草莓。青菜上市了卖青菜。来自山东卖炒货的一对老夫妇，在一幢房的边上，搭了棚屋住，一住就是二十多年。炒货一袋袋，香喷喷，摆在棚屋门口卖。那里的空气中，便常拌着炒货的香。

巷道边上，长着成年的海桐、合欢、荷花玉兰和栾树，绿荫如顶。人是有福的，大多数时候，抬头就能见花。白，或红，大团的，或大朵的，总是不知疲倦地开。只是日日相见，我们多的是熟视无睹。步履匆匆，花白花红，不落一点到心里。

那日，我又经过小巷，照例行色匆匆。我走过一家小店，又一家小店，无意中一瞥，看见卖炒货的那对老夫妇，正守着他们的炒货摊，在合吃一只橘。午后三四点，风轻云淡，客少人稀，这清闲的一段时光，是属于他们的。他们肩并肩坐在那儿，你一瓣橘，我一瓣橘，吃得幸福满满的，脸上是闲花落尽后的安然。

我被他们手中的一只橘子击中，傻傻地看他们，看得眼睛微湿。我望见了这个尘世间最朴质的相守，无关山盟，无关海誓，无关富贵荣华，只要稍稍转过头来，你就能望见我，我就能望见你。

再看眼前的寻常，突然变得样样生动。那些旧的房，是生动的。一缕阳光斜斜地打在上面，波光粼粼，如小鱼在跳舞；守着小摊卖水果的女人，是生动的。唇上一抹红，印在她黝黑的脸上，分外夺目。显然，她是抹过口红的；有孩子的笑声，从幽深的天井里传出来，清脆丁零，是生动的。他在玩什么游戏呢？童年时光，寸寸金色；乡下来卖果蔬的老农，是生动的。他半蹲着，笑眯眯看街景，脚跟边，堆一堆新鲜的芋头。我买几只，想回家做芋头羹吃。他帮我挑拣大个的，殷殷说：全是地里长的呢。为他这一句，我笑了半天。

还有那些树，亦是生动的。我稍一仰头，就与一捧一捧的红蒴果相逢。那是栾树的果，望过去，像纸叠的红灯笼。它把生命的明艳，一丝不苟地写在秋的册页上。

迎面走过来的女孩，亦是生动的。她手捧一盆新买的玉簪，且走且乐，脚步轻盈，眉目飞扬。

我不再急着赶路，而是慢慢走，微笑着看。看天，看地，看树，看花，看人。我像踩着一朵云在走，心里充盈着说不出的美好。这个寻常的秋日午后，我捡拾到了大捧的幸福，那是一只橘子的幸福。一缕阳光的幸福。一抹口红的幸福。一朵笑声的幸福。几只芋头的幸福。一捧红蒴果的幸福。一盆玉簪的幸福。是这个恋恋红尘中活着的幸福。

云　踪

　　他年若是有幸，我将择一乡间小屋而居，门前长花，屋顶上养云。

　　一直喜欢听陈悦演绎的音乐作品。近些年来，她越发历练成精了，只要是她演奏的曲子，我不用看说明介绍，一听，就知是她的。一管箫或笛子在手，世间的悲欢离合恩爱情仇，便都在她的音符里飞。青衫素花，道阻且长，上下求索，人世间种种的追寻、探问、相聚和别离，九曲回肠，直逼你心灵最隐蔽处。所以，听她的曲子，容易中毒，又极安魂。

　　比如，她的《云踪》。笛子演奏的，钢琴作了底子。

　　曲子一开首的一段钢琴铺垫，就不同寻常。如天光开启。如山泉溢出。如小鸟轻振羽翼。随后，陈悦的笛声响起，几乎没有丝毫犹豫的，一下子就是风起云涌，波涛澎湃。很突兀。我记得我初听到，是在回家的路上。那是一个冬日，天边的云霞们在道着晚安，暮色四起了。这首曲子，从路边的一家卖水果的小店里飘出。水果店胖胖的老板娘，裹在一圈橘色的暮光里。当陈悦抚笛而歌，再看那老板娘，与往日竟有着大大的不同，似乎举手抬足间，都有着云的影子在飘荡。我当即怔在那里，有些发懵，不知道哪里被狠狠撞了一下，有些莫名的感觉。觉得忧伤，又有着疼痛的欢娱。

云有踪吗？当然有。世事万物，都各有其来处和去处，只不过我们身处其中，常觉茫然。——到底人过于渺小，这世界，太大了。

乐曲似一只大鸟在飞。它飞过连绵的山，飞过辽阔的草原，飞过茫茫的戈壁滩，前尘过往，皆无影踪，不可追了。它却执着地要寻，要问，生有何欢，死有何惧？四周寂寞，无有回应。只有天上的云，投射下照拂的一抹淡的影。

是宋代刘镇笔下的那个不知名姓的女子，独立于冷水桥畔，于疏风淡月中，备尝相思。"白头空负雪边春，着意问春春不语"，——一年春色又起，她却相思白了头。情意虚掷，"流水行云无觅处"，怎不叫人伤感！自古多情总被无情误，情路之上，有多少人能善始善终？云聚云散，原都有定数。然却前赴后继，义无反顾。或许，这就是人世间的爱情吧。虽是粉身碎骨白头空负，但我愿意！

又似白发的老人，独坐太阳底下，不争不恼，不怒不悲，如老僧禅定。他脸上的皱纹里，息着阳光的碎影。一生奔波，浮浮沉沉，喜怒欢悲，都悉数收起了，他终能淡定地坐看云起时。岁月最终教会我们的，是自己跟自己握手言欢。

朋友小巫，年轻时因迷恋音乐，学业未满，就一个人跑去深圳，抱着一把破吉他，四处去兜售他的音乐。最徘徊无助的时候，他的口袋里只剩下几枚硬币，吃饭睡觉都成问题。他用最后一枚硬币，换了一个馒头吃。然后，跟着天上的一片云走，云走到哪里，他就走到哪里。最后，云把他带到一个建筑工地上，他在那里搬了两个月的砖，晒脱掉一层皮。他后来事业有成，回忆起这段经历，他说：真感谢那片云。有时命运如岩缝里的草，你没有退路，你必须挣脱出来，才能看到天光云影，迎来日朗风轻。

他的经历，让我渐渐养成了个习惯，喜欢不时抬头看天，看看天上的云，又走到哪里了。有一个夜晚，我又抬头看天，却没有看到一丝云。那些云，跑去哪里了？我犯了倔脾气，我非要等到它们出来不可，我就站着傻等。后来，月亮升起来，云突然全都跑出来，簇拥在月亮身旁，做了月亮的温床。

那一晚，我待在露天里，很久。直到月亮，被云朵抱回家去。这样的记忆，每次回味起来，都很有意思。他年若是有幸，我将择一乡间小屋而居，门前长花，屋顶上养云。

荷 花

我每年也必去看荷。只是单纯地觉得，这水生之物的好看。且与我少时的记忆，有着关联。

我小时很少见到荷花。家里的土灶上，倒是画着一幅鱼戏荷花图。那时的乡下，家家户户的土灶上都画着这么一幅。砌灶的瓦匠，是个中年男人，他最拿手的，也就这么一幅了。叫他画别的，他画不来。灶砌成，刷上白水泥，他在白水泥上画。红颜料画荷花，画鱼。绿颜料画荷叶，画茎。三笔两画，也就大功告成了。花开得喜气洋洋的，鱼摇头摆尾的。大家围着看，都说：真像，像活的。我们小孩也满心高兴，对着那幅鱼戏荷叶图看了又看，觉得那花朵的好，觉得鱼的好。

但愣是没见过荷花的实物。我们那里不长。

为什么不长呢？颇思量。按说荷是地球上的老寿星，生命的"活化石"，它的果实——莲子与藕，曾是人类祖先的果腹之物，养活了人类，没道理不长它啊。

然后的某天，有一小伙伴儿，神神秘秘告诉我们大伙儿，她在"狐狸"家的屋后，看见了魔鬼花。那一定是鬼变的，她很肯定地说。

"狐狸"家是下放到乡下来的。与乡下人家有着大大的不同，他们一家人，都长得白净，也好看，身上的衣着永远的整洁有型。偏偏身上有狐臭。夏天，他们很少出门，都窝在屋子里看书。村里人悄悄语，他们是怕被人闻到他们身上的狐臭呢。

因长得好看，又有狐臭，就有人打趣说：他们家的人，都是狐狸变的。我们小孩信以为真，也就称他们家为"狐狸家"，平常单个人，是不大敢接近他们家的。

我们结伴去看"魔鬼花"。花开在他们家屋后的小池塘里。也就三五朵，撑在水面上。花朵儿有粗瓷大碗那么大，在青绿的水面上，艳得惊心。我们远远站着看，一个个敛声禁气的。有小伙伴眼尖，说：那是我们家灶台上的花。就有人打断：不对，灶台上的花没这么大。一时争论不休，争不出个所以然来。直到他们家有人到屋后来洗东西，我们吓得转身就跑，四散开去。但那几朵"魔鬼花"，是忘不掉的了。直到有一天，我小姑姑得知，她笑话我们：什么"魔鬼花"，那是荷花！

原来，它就是荷花！我对"魔鬼花"的惧怕放下了，转而对小姑姑充满崇拜，她居然知道真的荷花哎，她又是怎么知道的？

过几年，我上学，路过隔壁村，看到人家地里，大片大片长着荷。叶肥厚浑圆，花丰腴富丽。开红花。开白花。没有人稀奇那些荷花。

他们也不叫它"荷花"，他们叫它"藕花"。

藕花谢了结莲蓬。莲蓬真漂亮，像绿色的蜂窝房，里面住着一粒粒绿色的小宝贝——莲子（剥开后呈白色）。花下面还结出藕，藕段儿胖胖的，像奶水充足的小孩的胳膊。看着，就很水灵好吃的样子。那时的愿望是，能弄到一节藕当水果吃，是顶顶幸福的。然贫寒的家里，是不会去买藕的，这个愿望，一直到我上高中才实现了。

上高中，我有同学，家里长了好几亩地的荷。她带我去她家，地里的荷花都谢了，起藕正当时。我吃到了她母亲做的莲藕炒肉丝，和冰糖糯米藕。同学在帮厨时，拣一节最嫩的，切下递给我。我接过，咬下第一口，听到清脆的咔嚓声，在我的牙齿间响起，我的眼里，涌上了泪。

荷花当食用蔬菜，据说从西周初期就开始了，《峪经》中有"腮有荷华"之句，说的就是嘴里面吃的，已有荷花。《周书》记载得更为明确："薮泽已竭，既莲掘藕。"可见得，莲子与藕，已成为当时普遍的食用之物。

历来的文人墨客，关注的却不是荷的果实，而是它的花。

他们把更多的浪漫情怀，付诸于荷花身上，写下大量的诗文，画出大量的画作，我就不一一累赘了。

　　我每年也必去看荷。只是单纯地觉得，这水生之物的好看。且与我少时的记忆，有着关联。

人与花心各自香

桂花把空气染成了一罐蜜，人在其中，也成了一个香甜的人了。

是在突然间，闻见桂花香的，在微雨的黄昏。

那香味儿，起初若有似无，羞羞怯怯的。正疑心着，驻足四处张望，忽然一阵风来，吸进鼻子的，就是大把大把的香甜了。

有路人自言自语着：呀，桂花开了。一脸兴奋地笑。是乍见之下的惊喜。

心，跟着香香甜甜地一转，真的，桂花开了。那熟稔的香甜味儿，率真，浓烈，让人欢喜。

眼前恍恍惚惚的，有一树花开，细细碎碎的，是一树丹桂，在小院中。皓月当空，花香雾般缥缈。只需一棵树，就染香了一整个村庄。祖母的视线被小院中的桂花树牵着，目光柔和，充满慈祥。她望着窗外的树说：过些日子，就给你们做桂花汤圆吃。

我们很快乐。桂花汤圆好吃，一口一个呀，那是穷日子里，我们最奢侈的向往。我们望向窗外，对那一树细密的花儿，充满感激。

也听祖母讲过月里桂花树的故事。说一个叫吴刚的仙人，犯了错，被玉帝罚到月宫里，砍伐桂花树。那桂花树好奇怪的，他一斧子下去，桂花树又迅速长出新枝来。他一日不伐，树就疯长得恨不得能撑破月亮，所以吴刚只好日夜不停地，在桂花树下砍啊砍的。

人不能做错事啊，祖母这样叹。祖母是同情吴刚的。而我们，却在心里欢喜地暗想着，倘若那棵桂花树真的撑破了月亮，会怎样呢？那一树的桂花，可以做多少的桂花汤圆吃啊。这样的暗想，真是甜蜜。

喜欢过一部老电影里的旁白：桂花开了，十里八里都能闻到。故事发生在战争年代，一对毫无血缘关系的孤儿——六岁的男孩、四岁的女孩，被一农妇收养。在种着桂花树的小院里，他们长大，他们相爱。后来，解放了，男孩当了大官的亲生父母找上门来，把男孩接到城里。距离之外，一切仿佛都变了，包括男孩女孩青梅竹马的爱情。但每年，小院子里的桂花，却如约而开，十里八里都能闻得到。男孩的梦里，飘满这样的桂花香，他终抵不住思念，回到乡下女孩身边。

这是桂花的爱情，爱就爱了，只管把她的浓情蜜意一路洒开来，缕缕不绝，让人欲罢不能，魂牵梦萦。

现在，桂花树不单单乡村有，城里也种上了。秋天时节，在某条街道上随意闲逛，就有桂花香撞过来。如果这个时候刚好飘过一场雨，雨不大，是漫不经心飘着的那一种，花香便被濡湿得很有质感，随手一拂，满指皆是。桂花把空气染成了一罐蜜，人在其中，也成了一个香甜的人了。不由自主想起宋代词人朱淑真写的诗来："一枝淡贮书窗下，人与花心各自香。"这样的时光，非常的幸福，非常的暖。这样的时光，很容易想起一些人，想念他们的好，怀着感恩的心。

心中有光，无问西东

心中有光，才无愧于生命。

一

冬日，截取午后一段时光最好。若是雾天，这个时候，雾也差不多散去了。温度即便很低，但因为太阳出来了，寒冷便会自动退避一旁，宜出去走走。

一出楼道口，也就看见蜡梅了，在一楼人家的北窗外。我挺羡慕这户人家的，春天，在他们家的南窗口，有一树桃花，夭夭绽放。夏天，他们家北窗下有一簇簇凤仙花，红红白白开着，什么时候见着，都是明眸皓齿的好模样。秋天，在他们家的东窗口，紧挨着一棵桂花树，花香细雨点般洒落，香得人一愣一愣的。眼下，蜡梅花如新孵出的雏鸡，挤挤攘攘，融融冶冶。而且不是一棵，是两棵。清冷的冬日里，它们是耀眼的生动和明媚。

遇见过女主人两次，我进电梯口，她正开家门，她跟我点头招呼：回来了？我笑：哦。她有两个孩子，男孩，大的初中念完了吧，稚气中有着沉静。小的刚上幼儿园。是个不算年老的妇人在带着这个小小孩。听说是她的姑姑。姑姑面容和善。小孩子活泼，我碰到过几回，他总是如雀般闹腾欢跃。

一次，我晒楼上的衣服，飘落楼下，我是到晚间才发现的。我奔至楼下去找，一出电梯口，就看到他们家紧闭的门外，搁了张椅子，椅子上垫了条围巾，围巾上，我的衣，叠得方方正正。

我们还是很少遇见。

我沿着屋后的一条道走。

有河，河水虽不甚清澈，但好在也无过多污染，岸边的树木房屋，便都能在水里描出好看的影子。

河岸边有茅有草，落叶满地，很是借了点野外况味的意思。

我踩着厚厚的落叶，一边听脚下落叶哗哗唱歌，一边低头寻找。我也不知寻什么，碰到什么是什么吧。比如，我碰到荠菜了。我挺开心的，我认为它是从我的乡下跑来的。像我一样，时间久了，也把这里当家了，安安静静居住下来。我还碰到两棵苦荬菜，从枯黄的草堆里，探出细细的茎来，茎上，托两朵秀气的小黄花。花的一侧，还缀着几个花苞苞，饱胀着，也很快要开花了。它竟无视这数九寒冬，想开花，也就开花了。

遵循自己内心的呼唤，面对内心的真实，这才是生命中最了不得的事吧。

我赞许地对它点点头。它是我今日散步的一大收获了。我喜欢它这么开着花，内心有光，无问西东，照亮的首先是自己。

如果每个生命都能做到内心有光，那么，这世上，又有多少灰暗寒冷不能逾越？

河里有人撒下渔网，不见人，只见网。不捕鱼时，那网子高高张着，在水上。像吊吊床。太阳大概趁人一不注意，就溜到上面去晃上几晃。夜晚，月亮也一定在上面躺过。如果下雪，雪也会躺到上面去吧。不过，网眼有些大了，雪怕是不大躺得住的。

二

去看了电影《无问西东》。

晚六点的场次。

影院空荡。我和那人进去时，只有我们两个。后来来一对情侣。再后来，陆续来了三五个人。小城还是太小了些，人不多。又正是晚饭时分，难为商家还肯放映。

片子起初是缓缓地放着，细雨点敲屋檐般的，有些乱，有些迷茫。后起了巨浪，浪卷着浪，不是一路向前，而是向后，向后。我们被那浪翻卷着，不由得跟着倒退，倒退，那求知的一群青年，那激昂的青春，那暴雨倾盆的喧哗，那镇定自若的心灵。再慌张不堪的乱世，只要心里有真实、正义、无畏，同情这些人性之光，这世上也就有亮。

我听到那人隐隐的啜泣。他是个柔软得不得了的人，有时看个新闻也会流泪。何况，那空中一炸，阳光的青年，瞬间成烟。

所幸没有被辜负。那个青年，以及那个时代那样的一群人，他们的光，照亮了这个世界的阴郁和寒冷。岁月翻过一页又一页，那光亮，始终在。在陈鹏的身上。在王敏佳身上。在曾一度自私过的李响身上。在张果果父母的身上。在张果果身上。在四支饱含感恩之情的胎毛笔上。

那四支胎毛笔，比任何金银财宝更珍贵。善良的种子，终开出美丽的花朵，它让这个尘埃遍布的人世间，光亮起来，美好起来。

"投我以木瓜，报之以琼琚。"我想起这首古老的歌谣。

人类从来不曾断连过。人类从来都是被光哺育大的。

心中有光，才无愧于生命。

桃花流水窅然去

我不找谁，我只找桃花。

我相信，总有些青春，是这样走过来的……

——题记

小桥。流水。凉亭。一排的垂柳，沿河岸长着。树干粗壮，上面布满褐色的皱纹，一看就是上了年纪的。桥这边一排平房，青砖黛瓦木头窗。桥那边一排平房，同样的青砖黛瓦木头窗。门一律的漆成枣红色。房前都有长长的走廊，圆拱门连着，敞开的隧道似的。还有长着法国梧桐的大院落，梧桐棵棵都壮硕得很，绿顶如盖。老人们说，当年这地方，是一个姓戴的地主家的大宅院。土改后，收归公家所有，几经周转，最后，改成了学校。周围六七个庄子的孩子，升上初中了，都集中到这儿来读书。门牌简单朴实，黑漆字写在白板子上——戴庄中学。

我念初中的时候，每日里走上六七里地，到这个中学来读书。都是十三四岁的孩子，今儿见着，还瘦小着呢，明儿再见，那个子已蹿长得跟棵小白杨似的。我也在不断地长着个头。母亲翻出旧年的衣衫给我穿，袖子嫌短了，衣摆不够长了。母亲在衣袖上接上一块，在下摆处，也接上一块。用灰的布条，或蓝的布条。我穿着这样的衣裳，走在一群齐整的同学中间，内心自卑得如同倒伏在地的小草。

有女生，父亲是教师，家境优越。做教师的父亲帮她买漂亮的裙子，还有围巾。春天了，小河两岸的垂柳，绿得人心里发痒。我们的心，也跟着长出绿苞苞来，欣喜有，疼痛有，都是莫名的。课间休息，那个女生，从小桥那头走过来，脖上系一条玫瑰红的围巾，风吹拂着她的围巾，飘成空中美丽的虹。她的头顶上方，垂下无数根绿丝绦。红的色彩，绿的色彩，把她衬托得像画中人。我确信，那会儿，全校同学的眼光，都落在她的身上。我渴盼也有条那样的红围巾，玫瑰红，花瓣儿般的柔软。然以我家当时的经济条件，那是遥不可及的梦想。我变得忧伤。

我的身体亦开始出现了一些变化，开始长胖，开始来潮。第一次见到凳子上的殷红，我大惊失色。同桌女生悄声叫我不要动，让我等全班同学走光了再走。她后来告诉我：女生长大了，每个月都要见血的。她帮我洗净了凳子，我羞愧得哭泣不已，觉得自己丑。

我变得不爱说话。即使被老师喊出来回答问题，声音也小得跟蚊子似的。班上男生女生打闹成一片，唯独我是孤独的。男生们帮女生取绰号，他们嘻嘻哈哈地叫，女生们嘻嘻哈哈地应。但他们愣是没帮我取绰号，让我时刻提着一颗心，担心他们在背地里取笑我。一天，同桌突然告诉我：你也有绰号的呀，你的绰号叫"小胖"。我的心，在那一刻黑沉沉地往下掉，掉到看不见的地方去了。

地理课上，教地理的老人家，在讲台前讲得眉飞色舞。底下的学生，却兀自说着话。老人家管不了，生气地摔了书本。我前排的男生学着他摔书本，不小心带动桌上的墨水瓶，墨水瓶飞起来，不偏不倚，洒了我一身。如果换了一个人，或许我不会那么难过，可偏偏洒我墨水的男生，是我一直暗暗喜欢的。他长得帅气，成绩好，歌唱得也好，还会吹笛子。虽然他一再道歉，在我，却是莫大的伤害，我坚定地认为，他是故意的。从此看见他，跟仇人似的。心却痛得无处安放。

上美术课了，同学们一阵雀跃。老师在黑板上画了一株桃花，让我们仿画。一缕春风从敞开的窗户吹进来，吹动我们的书本。有燕子在窗外呢喃。我的心，在那一刻想逃走，逃得远远的。我想起跟父亲去老街时，看见老街附近，有一片桃园，那时，桃正蜜甜在树上。若是千朵万朵桃花一齐怒放，会是什么样子？——我想知道。

我突然就坐不住了，春风里仿佛伸出无数双手，把我使劲往校园外拽。我不要再见到男生的怪模样，女生的怪模样。不要再见到玫瑰红的围巾，别人有，而我没有。不要再见到前排的那个男生，他总是嬉皮笑脸着，露出一口洁白的牙。不要再见到秃顶的英语老师，眼光从镜片后射出来，严厉地盯着我问："'今天天气如何'怎么翻译？"

　　我要去看那些桃花，——这想法让我兴奋。我努力按捺住跳动的心，把下午两节课挨下来。两节课后，是活动课，大多数同学，都到操场上玩去了，我溜出校门。满眼是碧绿的麦子，金黄的菜花。人家的房，淹在排山倒海的绿里面黄里面。风吹得人想飞。我一路狂奔，向着那片桃花地。

　　半路上，遇到一只小狗，有着麦秸黄的毛，有着琥珀似的眼睛。它蹲在路边看我，我也看它，我们的信任，几乎是在一瞬间达成。我行，它也行，起初它离我有几尺远的距离，后来，干脆绕到我的脚边。我临时给它起了个名副其实的名字：小狗。我叫："小狗。"它就朝我摇摇尾巴，好像很满意我这叫法。我们一路相伴着走，一人，一狗，阳光照着，很暖和。

　　当大片的桃花，映入我的眼帘时，天已暮。一树一树的桃花，铺成一树一树粉粉的红，仿佛流淌的小河，静静地，朝着夜幕深深处流去。看得我，想哭。有归家的农人，从桃园边过，他们不看桃花，他们看着我，奇怪地问："孩子，你找谁？"

　　我摇着头，走开。我在心里说，我不找谁，我只找桃花。

那一晚，我一直在桃园边游荡，陪着我的，是那条半路相遇的小狗。走累了，我们钻进桃园，倚着一棵桃睡了，并不觉得害怕。

第二天清早，我原路返回，小狗一直跟着我。在校门口，我蹲下身子，抱住它的头，不得不跟它说再见。我后来进校园，回头，看到它蹲在校门口看我，眼睛里充满不舍，还有忧伤。

学校里早就闹翻了天，因为我的离校出走。母亲一夜未睡，在外面无头无绪地找了大半宿，一屁股跌坐到教室外的台阶上，哭。当看到我出现时，母亲又惊又怒。所有人都来追问我，到底去哪里了，为什么要离校出走？他们问，我就哭，直哭得上气不接下气，哭得他们反过来劝我不要哭了。其实我那时，根本不知道自己在哭什么，觉得像做了一场梦。但哭过后，我的心平静了，我安静地坐在教室里，读书，做作业。倒是我的同桌，想探听秘密似的，问我去了哪里。我不说。她眼光幽幽地看着窗外，向往地说："你去的地方，一定很好玩吧。"

成年后，跟母亲笑谈我年少时的种种，我问母亲："记不记得那一次我逃课？"

母亲问："哪一次？"

我说："去看桃花的那一次。"

母亲"啊"一声，笑："你一直很乖的，哪里逃过课？"

栀子花，白花瓣

好好爱自己，等着青春开花。

在我们那所植满栀子的中学校园里，张丹绝对是个风云人物：上课经常迟到，作业从来不交，和社会上一帮小青年鬼混，有男生为争她大打出手，玩世不恭等等等等。我的同事朱说起她来，是切齿着的。那日，她去他们班上课，课上到中途，张丹突然在底下，敲起课桌肚来，笃笃笃，笃笃笃，一声声，极有节奏的。寂静的教室，仿若平静的湖水，被突然扔进了一块石子，腾起一圈圈浪花。朱当时气得拿眼瞪她，她倒好，镇静自若地继续敲击，嘴角边还浮起轻蔑的笑。等她敲得索然无趣了，她竟不紧不慢地拿话噎她的老师："你看什么看，我长得比你好看！"貌相差强人意，本是同事朱的心病，被她这么一刺激，我的同事朱再不肯去他们班上课了。

张丹的家庭背景也不一般，父亲是小有名气的公司老总，在张丹读初中时，与她母亲离婚，重娶一年轻女人。那女人，比张丹大不了几岁。母亲离婚后，远走他乡，从此，音信杳无。张丹跟了父亲，却被单独地扔在一幢大房子里，由父亲找来的保姆照应着。

我接他们班时，她高二。第一天上课，张丹姗姗来迟。她半倚着门，斜睨着我，嘴唇红艳，紫色的眼影，抹得浓厚。吊带衫，牛仔短裤，脚上一双凉拖，十个脚趾，全涂上蔻丹。很风尘的样子。

我看着她，点点头，说："进来吧。"她可能没料到我会是这种态度，愣一愣，一摇三摆地进了教室。课上，她不时地做些小动作，譬如掏出小圆镜子照，把书本拿上拿下的，她在观察我的反应。我面带微笑地上着我的课，偶尔让眼光掠过她，也还是微笑着的。她到底沉不住气了，用手指敲起课桌来，笃笃笃，笃笃笃。全班同学紧张地看着我，以为我要发火了。我却笑眯眯看着她："张丹，你的节奏感真强，你的歌一定唱得不错。"

张丹完全蒙住了，她呆呆望着我，一时不知怎么办才好。我提议："我们现在就请张丹同学唱一首，大家说好不好？"学生们自然高兴，齐声叫："好！"掌声响得哗啦啦。张丹的脸，在那一刻红了。我暗地想，她原来，也会羞涩的，她不过是个小女生。

那天，她唱了刘若英的《后来》。她唱得很投入，声音甜美，感情真挚。厚厚的脂粉下，掩映的原是一张天真的脸。她唱完，教室里爆出经久的掌声。我由衷地叹："张丹，你唱得真好，你把人们回忆青春时的疼痛，给唱出来了。栀子花，白花瓣，落在我蓝色百褶裙上，——多单纯的时光，像现在的你一样呢。"

张丹仰着头看我，我看见她的眼里，慢慢渗出泪。她拼命忍，终没忍住，那泪，掉下来，大颗大颗的。课后有学生跑来找我，说张丹伏在桌上哭了很久，哭得号啕，把班上的同学都吓坏了。我对那个学生说："没事的，让她哭一会儿吧。"

再去上课，张丹端坐着听，少有的安静。课间作业时，我路过她身边，看到她在一张纸上乱涂：爱，不爱。爱，不爱。就这几个字，涂了满满一大张。我弯腰过去，她赶紧用手捂住纸，手指甲上，桃红的指甲油，欲滴。我悄声与她耳语："张丹，你若不化妆，会更好看的。"她吃惊地看着我，我又补充一句："像栀子花一样的好看，真的。"说完我走开，回头，看见她愣愣地，盯着我看。

这之后，突然好几天不见她。其他老师说："这太正常了，她上课都是三天打鱼两天晒网的，反正她又不愁以后没饭吃，她老子有的是钱。"我电话过去，她的保姆接的，保姆说，病了。我去看她，路过一家花店，我挑了一束姜花带过去。洁白的姜花，有点类似于栀子花，淡黄的蕊，白的花瓣儿，栖落在墨绿的枝叶间，看上去很洁净。

张丹看到我带去的姜花，良久没说话。她把姜花抱在怀里，哭了。她捋起袖子，让我看她胳膊上的刺青，上面是一个"爱"字。14岁时就恋上一个人，一帮青年中的一个，染黄头发，穿奇装异服，把摩托车开得如放箭。那时父母离婚，她正满世界寻找温暖，遇见他，他把她抱坐到摩托车后面，迎着风开。猎猎的风，吹扬起她的发，她的衣，她的心。刹那间，她忘记了所有的不快乐，父亲，母亲，父亲的那个女人，都被风吹散了，无影无踪了。从此，她跟定了他，她为他涂脂抹粉，为他忍着疼痛，在胳膊上刻下"爱"。她以为，他会永远对她好的。可是有一天，他突然变了模样，头发重染回黑色，穿得正正规规地来见她，对她说，他要结婚了，从此不能再陪她玩了。

　　张丹哭得无助，张丹说："老师，我不想失去他，我要爱。"

　　我揽过她的肩，轻轻拍。她的小身子，在我的怀里瑟瑟。我说："宝贝，你还是个孩子呢，你的青春，还没开花呢。等你真的长大了，你会遇到更好的人的。现在你要做的是，好好爱自己，等着青春开花。"

　　张丹抱着姜花，不语。姜花朵朵，散发出清幽的香。

　　隔天，张丹来上课，她变得很安静。她坐在座位上，手撑着头，大半天也不动一下，眼睛仿佛越过了千万重山水，——她在想心事。我走过她身边，看到她摊在桌上的课本上，有她重重的笔迹，写着我对她说的话：好好爱自己，等着青春开花。我朝她笑了笑，她回我一个笑。我陡然发现，她没有化妆，很素净，像邻家的小女孩。

几天后，张丹忽然来办退学手续。她说，她掉下的功课太多了，再怎么用功，也不能赶上去。何况她对这些功课，也没多大兴趣。她准备去学园艺设计，已跟外地一家技校联系好了，学成后，她要开家大花店。

这个愿望真芳香！我祝福了她。我想，并不是所有的孩子，都适合走高考那条路的。换个环境，或许更有利于她的成长。

来年六月，突然收到张丹从外地寄来的信。信里面夹着她的近照，一树粉白的栀子花下，她一袭天蓝色的裙子，素面朝天，笑得很像朵栀子花，眉间阳光点点。

裙子、围巾和窗帘

寻常岁月，就这样旖旎生动起来。

一

南京的辉姐到我家来时，穿一袭白底子小红圆点的连衣裙。

我只觉得，眼前霞光一闪，如仙人踩云端。

辉姐是我三姨奶奶的孙女。三姨奶奶跟着儿子进了省城，对老姊妹却是无限思念的，就派了辉姐来看望我奶奶和二姨奶奶。

辉姐的到来，在吾村引起小轰动。吾村人是第一次见到从省城来的人，男女老少围在我家门口看，对辉姐的穿着打扮，对辉姐的举手投足，一律充满好奇。辉姐落落大方对着吾村的乡亲们笑，还抓了糖给小孩吃，赢得好口碑："这城里的女伢儿好，一点也不搭架子。"

我跟前跟后着，一方面是骄傲，辉姐是我家的辉姐。另一方面，我着实羡慕辉姐的裙子，那是我第一次近距离地看到一袭裙子。我跟着，时不时伸手摸摸她的裙子。

我奶奶挖空心思，给做出一桌好菜。小鱼滚了蛋黄和面粉，炸得酥酥的。山芋切成片，里面塞上韭菜粉丝馅，放油锅里煎。还做了芋头羹、葱油饼。我们很少动筷子，都谦让着让辉姐吃。

辉姐只在我家待了一天，就回去了。她的乡下之行，让我对裙子陷入魔障。

我要穿裙子，我要穿裙子——我日日念着这句话，念得我妈烦不胜烦了，但也终于松了口，她从箱子底，翻出布票来，数出几张。又揭开一方包了千层万层的手绢，数出几张票子，让我姐领我去扯上几尺布，做条裙子去。

我和我姐在供销合作社的柜台前，把所有的布，比较了又比较，最后挑了件绿底子碎花的。回来的路上，我姐对我说："你多好啊，能穿裙子。"我热烈地对我姐说："等我以后长大了，也给你买裙子穿。"我姐黯然。我是没想到，我姐是不能穿裙子的，一辈子也穿不了的。她的一条腿因小时烫伤，已完全变形。

布买回来后，是要送给裁缝去做的。吾村的裁缝，只有一个，是三队岁金家的女将，人喊她"刘裁缝"，是个瘸子。当年有个奇怪的现象，像鞋匠啊裁缝啊这些人，不是瘫子就是瘸子。吾村的冯鞋匠，就是个瘫子。但他的手却灵巧得很，全村人的鞋，都是他给绱上去的。

刘裁缝带着几个女徒弟，女徒弟的腿，也都是残疾的。她们整天待在屋子里，面皮儿焐得白白的，像城里人。村里人的衣裳都是她们给做，大家都很尊敬她们。过年时，岁金家挤满了等着拿衣服的人，这个叫"刘裁缝"，那个叫"刘裁缝"的，刘裁缝和几个女徒弟忙得饭都顾不上吃一口。

我拿着布，在岁金家门口转，却怕进去。我突然不好意思起来，因为在吾村，还从来没有一个女孩子穿过裙子，甚至见都很少见过，我算是开了先河。

刘裁缝在屋子里看我好一会儿了，终于忍不住冲我说话："这不是志煜家的二丫头吗？是来做衣裳的吧，那快进来啊。"

我这才走进去，把布摆到裁衣板上。刘裁缝抖开布料子，笑着问我："是做件褂子吧。"我红了脸，低声说："不是，是做条裙子。"

刘裁缝很意外，她盯着布料子犯了难，裙子她没做过啊。她的女徒弟们也都犯了难。后来，她们凑一块儿，叽叽咕咕。有徒弟拿了粉饼在裁衣板上画，这个添一笔，那个减一笔的，画出一条裙子的模样，说："不就是两片儿布缝起来吗，好办。"我裙子的样式，就这样给设计出来了。

"一个星期后来拿。"刘裁缝跟我约定。

一个星期的时间，真漫长啊。我总不由自主地跑去刘裁缝家门口，看看裙子好了没。或许她提前给做好了呢。但每次她都说，还没到时间呢小丫头。真失望。我夜里做梦，也都穿着裙子，像朵绿蘑菇似的，在田埂上飞跑，快跑到云端里去了。

终于有一天，我再到刘裁缝家门口去，她冲我招手，说裙子好了，叫我进去拿。

裙子是条半身裙。像现在的筒裙，真的就是两片儿缝了一下，在腰上加上松紧带。长，拖到脚踝。因没开衩，走路很受束缚，只能迈着碎步走。饶是如此，我还是满心欢喜。刘裁缝和她的徒弟们都说好，我也觉得好。

我穿着这样的裙子回家，一路上收获到不少惊异的目光。女孩子们尤其羡慕，她们站定了，冲着我看，我走好远回头，她们还在冲着我看。

我妈看到裙子，笑了："不就是个直筒吗？像裹着个麻袋。"

我不乐意她这样说。我穿着它去我二叔家，有显摆的意思。二叔当时在家开了个修自行车的铺子，家里横七竖八的，躺着几辆自行车。堂弟拖出一辆来，跟我一起出去遛车玩。我当时刚学会骑车，对骑车的热情度高。我一脚跨上去，我可怜的裙子，"哗"的一下，就被卷进车轮的钢丝里去了。同时卷进去的，还有我的脚。

那日，我摔倒在路旁的渠沟里，样子狼狈。脚夹在钢丝里，动弹不得。堂弟回去喊了我二叔来，拿了老虎钳子，敲开钢丝，才把我给救了出来。

我的脚肿了好些日子。我妈一气之下，把我的裙子拿去刘裁缝家，给改成一件衬衫。那件绿底子碎花的衬衫，一直穿到我念初中。

二

戴庄学校原是地主家的大宅院。

那是真正的江南园林风格建筑。花园凉亭，小桥流水，应有尽有。房子都是黛瓦粉墙的，有廊棚相连。月洞门就有好些个，几进几出，曲径通幽。更有花木扶疏，鸟雀争鸣。

成立了学校后，大宅院的整体风格，基本上被保留了下来。也只是多砌了三五幢连排平房做教室，青砖红瓦，点缀在绿树中，也是好看的。

那个时候，我念初二了。教室在一条南北向小河的左侧。我们去操场，或是去老师办公室，都要过河去。小河上有石拱桥连着，桥墩上雕花，是牡丹或是芍药，不大看得出来。小河边植有一排垂柳。有棵柳树，呈倾倒姿势，柳枝儿有一大半都挂在桥上。人从小桥那头走过来，柳枝拂肩，那情形，美极了。

我最喜欢看亚芬从桥那头走过来。

亚芬是我同学。她家境不错，父母亲都是小学老师，很有艺术情怀。尤其她父亲，会画画。会织毛线衣。会裁剪衣裳。

亚芬和她妹妹的衣裳，都是她父亲亲手给缝制的。她父亲还讲究衣着的搭配，舍得在这方面打扮他的两个女儿。亚芬的穿着，就非一般的乡下孩子可比了。

话说那天，亚芬来学校上学，她的脖子上，多了条玫红长围巾。她从石桥的那一头走过来，柳枝轻拂，红围巾跳跃，映着她的粉嫩白皙，是杜牧诗里的女孩儿：

婷娉袅袅十三余，豆蔻梢头二月初。

那幅画面，定格在我的脑海中，不时回放。然后的然后，我就入了长围巾的魔障了。多想拥有一条长围巾啊。我却不可能有。我还穿打着补丁的衣裳。我的脖子上，顶多围条我妈的格子三角巾。

机缘却突然来了，我小娘娘定亲了。我小姑爸给我小娘娘送来一条围巾，粉色的，像用桃花染成的。

小娘娘那时对爱情已灰了心，对这条漂亮的围巾，她连正眼也没瞧上一眼，就对我说："送给你围吧。"我大喜过望。

我围着这条围巾上学去，眼里的一切，都变得不一样了。天是可爱的，地是可爱的，人是可爱的。样样式式，都变得清丽华美。围巾太长，老往下挂，我不得不时时动手把它往上甩。这也是亚芬常做的动作，她轻甩围巾，那样子真美。我也这么甩着，觉得自己很美。

后面走着几个高年级的男生，我更频繁地甩围巾，也只是想引起他们的关注和赞美。我就听到一个男生跟另一个男生说："前面的那个小女生真妖。""妖"是骂人的话，再没比这一句更狠了。我当即心往下沉，只觉得脖子上的围巾，变得火一样的烫人。几个男生都哄笑起来，一齐说着"妖"啊"妖"的，从我旁边走过去。我再没有勇气把那条围巾围在脖子上了。

我把围巾还给了小娘娘。晚上临睡前，我妈责备我："那是人家送她的定亲礼，你围了做什么？"我什么也没回，眼睛潮潮的，想哭，又想不出哭的理由。

三

也是这一年，我遇到一位刚从师范学院毕业的语文老师。这老师年轻自不必说，人又长得帅气，还说得一口流利的普通话，很得学生们热爱。

老师推荐我们读课外书。也是从他那里，我才知道《红楼梦》《水浒传》等名著。他用班费给我们买下一套《红楼梦》的连环画。我看了不过瘾，他又借书给我看。我痴迷地读着，几乎把自己读成红楼中的女孩子了。

书中第四十回，有个场景，我反复阅读，沉溺其中。只因为，它里面提到"软烟罗"。单单这个名字，就叫人浮想联翩了。

它的颜色又各各艳丽着，一样雨过天晴，一样秋香色，一样松绿的，一样银红的。那银红的，贾母命人给黛玉做窗纱。

我不知道，若是拿这样的软烟罗，给我家的窗子糊上，人睡在里面，会是什么样的好滋味。

我家的窗，从来不糊窗纱的。窗帘也没有。冬天冷了，只拿一把稻草塞塞完事。其他的月份，也只用塑料纸蒙着。风一吹，哗啦啦作响。有同学不经我允许，跑去我家找我，我生气得很，又是羞耻的。我羞耻着让他望见了我家的贫寒，窗子竟是用稻草塞着的。

去老街上，我最流连的，是那些有着粉色窗帘的窗。清晨，穿着碎花睡衣的小街女子，蓬松着头，从有着那样窗帘的房子里走出来，去上公共厕所，我亦是觉得美好的。因有了那一挂窗帘，她们做的梦，也该是轻逸的。一个女孩子的期盼，从来不是很多的，裙子、围巾和窗帘，那会儿，就是她全部的美丽。

我软磨硬泡着我奶奶，给我们的房间挂上一幅窗帘吧。我奶奶想起来，当年新房上梁时，有用剩下的红绿布，红布给我做了件褂子，绿布一直收着。她翻箱倒柜把绿布给找出来，用几股棉线穿住一边，也就给我挂上了。

晚上躺在床上，我望着这幅绿窗帘，迟迟不肯睡。看灯光在它身上描出橘色的影子，它真是又神秘又高雅。

再去学校，我有了足够的资本邀请我的同学去我家玩。我说："就是有绿色窗帘的那一家啊。"

一些年后，我读袁宏道的《横塘渡》：

> 横塘渡，临水步。
>
> 郎西来，妾东去。
>
> 妾非倡家女，红楼大姓妇。
>
> 吹花误唾郎，感郎千金顾。
>
> 妾家住虹桥，朱门十字路。
>
> 认取辛夷花，莫过杨梅树。

我读着读着，就笑起来。诗里的女孩子实在是俏皮有趣的，还兼着有些显摆。"红楼大姓妇"，——那是很有点钱的呀。门口栽的花树也极显地位，是芳香优雅的紫玉兰。她约人去找她，把她的骄傲给端出来，她说，我家就是门口栽着紫玉兰的那一家啊，你不要走错呀。

寻常岁月，就这样旖旎生动起来。

第三辑
十亩间

这是生活在社会最底层的
一些人，他们寻常得常常
被我们忽略，可是这个世
界，却因他们身上散发出
的善和暖，一点一点美好
起来。

那些温暖的……

这是生活在社会最底层的一些人，他们寻常得常常被我们忽略，可是这个世界，却因他们身上散发出的善和暖，一点一点美好起来。

邻家女人，上街买菜，"捡"回一老妇人。老妇人衣着整洁，不像久经流浪，或无家可归的。却神情呆滞。在街上见到邻家女人，就一直跟她后面叫"小毛"。小毛是谁？无人知晓。揣测，或许，是老妇人的女儿。

邻家女人本想一走了之，篮子里一蓬菜蔬，提醒她快快回家做饭去。回头，却瞅见一张饱经风霜的脸，那脸上，毫不设防地，写着对他人的依恋。她的心当下软了软，想，要是她不管，老妇人不定流落到什么地方去呢。于是，她把老妇人领回家。

老妇人这一待，就待了半个多月。这期间，邻家女人像对自家老人一样，好茶好饭待她，还带她去浴室洗澡。一边满世

101

界留心着，哪里有寻人的。老妇人除了说"小毛""小毛"外，不记得任何的人和事。有人跟邻家女人开玩笑：你还要为她养老送终啊？邻家女人说：真的那样，也无所谓啊，不过是煮饭时，多放一碗水。不久的一天，老妇人的女儿终于找来，对邻家女人千恩万谢。邻家女人不在意地笑，说：匀出一口饭，就能救活一条命哪。

去国贸大厦旁的广场散步，在晚上。总看到一群快乐的人，随着音乐在空地起舞。每天的每天，都是如此。音乐的来源，原是一台旧收音机。后来换了，换成簇新的 DVD 机。一辆自行车架着。观察过几次，发现自行车的主人，是一对老夫妇。

跳舞的人，是不定数的。谁高兴了，都可以进去跳两圈。不断有人加进去。起初也只是一些老年人，后来一些年轻人也参与进去了。快乐在音乐中沸腾，单纯的飞扬的。

某天，我在一边看着，终忍不住，走过去问那对老夫妇：是免费来这儿放音乐的吗？他们说：是啊，每晚七点准时到。

瞧，这都是我们新买的碟片，买的新华书店的，正版的，效果很好呢。老妇人举着新买的碟片让我看，我看到碟片上印着飘飞的裙裾，是些慢三或慢四，全是舞曲。

我倾听，效果果真很好，音乐似泉水潺潺流。我开玩笑说：可以适当收点费的呀。老妇人笑了：收什么费呀，自己找乐子呗，看着大家高兴，我们也高兴。

原来，这世上，只要匀出自己的一份快乐，就会快乐另一些人，甚至，一个世界。

　　小城里，蹬三轮车的人，多。满大街随便走着，就有车夫跟后面殷殷问：要车啵？我曾烦过这个，觉得他们特缠人。近日却偶听来一个真实的故事，故事说的就是这样一群三轮车夫，他们不富裕，有的甚至很贫穷，却能自发地，去照顾一个不幸的老人。老人有过幸福的过往，两个儿子，都成家立业了。一次车祸，却让一个幸福的家，瞬息间支离破碎，老人的两个儿子，双双遇难。所得赔偿金，老人分文未要，全给媳妇了。家产也悉数分光。孑然一身的老人，混在一群三轮车夫里，蹬三轮车谋生。但因人老体衰，再加上三天两头生病，养活自己，也是难的。好在有其他三轮车夫帮衬着，不断送吃的送用的。

　　这是生活在社会最底层的一些人，他们寻常得常常被我们忽略，可是这个世界，却因他们身上散发出的善和暖，一点一点美好起来。现在走在大街上，我的眼睛，总是有意无意停在一些三轮车夫身上，是他，还是另一个他，在默默匀出自己的温暖，送给他人？他们的脸上，没有答案。他们一如以往，为生存奔波着，路过你身边时，还会殷殷问：要车啵？眨眼间，他们的身影，没入人群里。再走进人群，我的身前身后，总像流淌着一条温暖的河。

感激一杯温开水

仅仅一杯温开水，就温暖了一个人一生的记忆，甚至产生连锁反应。世界的美好，因此而摇曳在一杯温开水之中。

这是朋友讲的故事。

十多年前，他还在深圳打工，整天帮人家掏下水道，走哪儿，身上都一股下水道的异味，很让人侧目。所以，他一般不到热闹中去。那个城市的繁华和优雅是那个城市的，装不进他兜里一点点，他住工棚，倚墙角吃冷馒头。

一日，天下雨，是深秋的雨。虽说是在深圳，那雨，也带了寒意。他当时已掏好一家酒楼的下水道，雨大，回不了，就倚在酒楼的檐下躲雨，一边掏了怀里的冷馒头吃。

冷。他抱臂，转过脸，隔了酒楼玻璃的窗，望里面蒸腾的热气和温暖。一些人悠闲地在吃饭，他想，若是有一杯热热的茶喝，多好。呵呵，他在心里面，自嘲地笑着对自己摇头，怎么可以有那样的奢望呢？他看天，只等雨歇，好回他的工棚去。

这时，酒楼的门忽然开了，一位服务员径直走到他跟前，彬彬有礼地对他说："先生，您请进。"他愣住了，结巴着说："我，我，不是来吃饭的，我，只是躲会儿雨。"服务员微笑，说："进来吧，外面雨大。"朋友拒绝不了那样的微笑，鬼使神差地跟进去了。进去时，他暗地里想，想宰我？没门！我除了身上的破衣裳，什么也没有的。

他被引到一张椅子上坐定，脑子还没来得及想什么呢，另一个服务员就端来一杯温开水。"先生，请喝水。"同样的彬彬有礼。朋友不知道她们葫芦里卖的什么药，想，既来之，则安之。遂毫不客气地端起茶杯，把一杯水喝得干干净净，且把怀里的另一个冷馒头掏出来吃了。服务员又帮他续上温开水，他则接着喝，喝得身上暖暖的，额上渗了细密的汗，舒坦极了。

后来，雨停了，他以为那些服务员会来收钱的，但是没有。他坐等一会儿，还是没有一个人来问他。刚才喊他进来的服务员正站在大门口送客，他忍不住走过去问："白开水不收钱吗？"服务员微笑："先生，我们这儿的白开水是免费的。"

那一杯白开水的温暖，从此烙在了朋友的记忆里，每每谈到深圳人，朋友的眼里都会升起一片感激的雾来。

朋友后来从深圳回来发展，也开一家酒楼。他定下一条规矩：凡是雨天在他檐前躲雨的人，都要请到店里来坐，并且要给人家倒上一杯温开水。

他酒楼的名声因此而打响，那是朋友没想到的。许多人提到他时都会说："那个老板人好啊，下雨天，不管大人小孩，不管城里人乡下人，只要在他屋前躲雨，他都会请到屋里去坐的，并且提供免费的汤水。"

仅仅一杯温开水，就温暖了一个人一生的记忆，甚至产生连锁反应。世界的美好，因此而摇曳在一杯温开水之中。

两个瓦工师傅

人生是用来忙碌的，也是用来享用的。世事淡然，适可而止。

两个瓦工师傅，一个姓尹，一个姓朱。两个人搭档着，专贴瓷砖，在这一行当，一做十多年。

我家新房装修，听人介绍他们手艺好，遂托了人去请。那边说：排队等着吧。我们急：得等多久？回：也就三四个月吧。语气浅淡。复又递了话过来，说：若是等不及，可以不等的，另请别的瓦工做吧。

这态度近乎傲慢了。因他们这等傲慢，我们倒愿意等了，傲慢是要有底气的，想来他们的手艺真的不错。

几个月后，终于等来他们。尹师傅瘦，朱师傅胖，两个人一动一静，如清风拂着流水。朱师傅几乎不说话，得空了，只闷头抽烟。我们对他说：吸太多烟不好呀。他抬头笑一笑，不作声，复低头吸。尹师傅却是个话痨子，一杯浓茶在手，一双灵活的小眼睛，眨啊眨的。他说，刚忙完一小老板的别墅，好家伙，那幢别墅所有的墙壁全贴的瓷砖，单单买瓷砖就花了三四十万呢。在他们之前，小老板曾找过七八拨瓦匠，都不满意，直到找到他们。

是吧？他得意之情横溢，扭头问朱师傅。朱师傅不开口，只抿了嘴笑，把一面瓷砖拿在手上敲敲，又放在耳边听听，再对着墙上比画着。比画半天，搁下，重拿一块，再如此动作一番。半个时辰过去了，一面砖还没贴上墙。

我们贴的质量你们绝对放心，尹师傅看着发愣的我们，说。他亦拿起一块瓷砖，敲敲，放耳边听听，再对着墙上比画着。这架势，不像在贴瓷砖，倒像在镂刻。我们暗喜，这两个师傅算是找对了，慢工出细活的。

隔三岔五地，我们会去新房子那里看看。常碰到两个师傅在休息，一个喝茶，一个吸烟。一旁的随身听里，放着热闹的相声。尹师傅看到我们，赶紧麻利地起身，关了随身听，热络地跟我们打招呼，介绍他们的进度。朱师傅仍稳稳坐着，兀自吸着他的烟，脸上挂一抹淡淡的笑。偶尔我们下午去，难得见到他们的人影，一屋的装潢材料凌乱着。打电话去问，一个答，正在牌桌上和几个牌友打小牌玩。一个说，他跟人去海边看涨潮了。

装潢的进度自然极慢，有不少等在后面的主顾，三天两头来追。他们一律慢悠悠地答：这活，快不了的，如果等不及，你们

108

另请别人吧。他们接下的活计，已经排到来年。这才是初夏，他们却一点不急，依旧不慌不忙地，一面砖一面砖地推敲，贴上墙去，天衣无缝。一到下午，他们必早早撂下活计，换掉工作服，骑上电动车，一溜烟走了。他们要去打牌，要去会友，要去泡澡，要去广场上跳舞。总之，是要去享受生活的。

我一面欣赏着他们精湛的手艺，一面为他们惋惜着，要是紧着赶工，一个月怕是要多出好几万的收入吧。他们不为所动，理直气壮地说：那我们也就没有时间玩了。

人这一辈子，最多也就百十年，不要那么急着赶路的。一直极少开口的朱师傅，淡淡笑着，突然冒出这么一句。

我陡地愣住，人生的确有太多的欲求可追可赶，永远也追不完赶不完。这两个瓦工师傅却早已明了，人生是用来忙碌的，也是用来享用的。世事淡然，适可而止。

老烧饼

　　这世上，千奇百怪的事，原本就多着的。

　　老街上，做老烧饼的有好几家，家家客满。每天买烧饼的，都要老早去排队，要等。

　　名声也就响了几条街，又从几条街传向四面八方去。想打捞记忆中老烧饼的人，哪怕离得再远，都找着机会奔了去，尝一口儿时的味道。

　　儿时，早起，家里给上两分钱，去烧饼炉子那里，买上一只新出炉的烧饼，一边吃，一边往学校去。那是一天中最幸福的时光了。乡下孩子没这个福气，要吃上烧饼，得碰运气。当爹的进城有事，孩子缠着，跟了来。烧饼炉子的香诱人哪，孩子盯着炉子上热乎乎的烧饼，眼珠子都不转了。当爹的看在眼里，狠狠心，掏出两分钱，给孩子买上一只。那孩子就用黑黑的小手小心托着，小口吃着。最后，手上落下的芝麻粒，悉数被孩子的小舌头舔光。这孩子长大，吃过无数的山珍海味，但记忆里最香的一页，是留给老烧饼的。

做老烧饼的人，换了一茬又一茬，但老烧饼的味道却一点儿也没变，继往开来，天衣无缝。炭炉子。老酵面团。白芝麻。馅有甜的，有咸的，也有甜咸皆有的，定不缺这一味料——猪油熬出的油渣儿。甜咸皆有的烧饼取名"龙虎斗"，最受欢迎。这名字威武霸气，龙也来了，虎也来了，好，热闹！老百姓过日子讲究的，就是热闹，喜气腾腾的。

吃老烧饼有讲究，不会吃的人，是吃不出真味的。真味是什么？这个还真不好说，那是一口一口，和着老时光，拌着老故事，慢慢品出的滋味，只可意会，不可言传。得有那样的旧茶桌旧茶椅配着，还有旧人在。房亦是旧的，木格窗都被烟火熏黑了。新出炉的老烧饼，用一方牛皮纸托了，施施然走进隔壁的这家茶店来，坐下，要上一壶茶，慢条斯理地撕着吃。总有几个老人，天天来此聚，他们一边吃茶，一边讲些老典故，都是关于老街的从前。

从前，远到什么时候呢？远到隋炀帝还没登基呢。那时，这里往东全是海，摸不着边子的海。脚下的这片地，原先也是海呢。海一步一步往后退，泥沙堆积，这才成了陆地。有了陆地，就有了人来居住。人越来越多，就有了街市了。

战乱不断啊，打来打去，小老百姓可不管这个，谁坐江山还不是一样地坐？老百姓要的是太平啊，现世里找不到，只好求佛祖保佑了。老街上也就建了很多的寺庙，一座连着一座，多的时候，有七十二座呢。

还有尼姑庵。尼姑庵里的尼姑，自己种地，自己织染衣裳。也不知老尼姑是打哪儿来的，她带着几个小尼姑，面皮儿白白的，言语不多，待人和气，她们念经的声音很好听。老尼姑坐缸是盛事，好多人都跑去看。缸好大啊，刷洗得干干净净，下面有个洞，堆满柴火。老尼姑知道自己要圆寂了，几天前就不吃不喝。这天，她梳洗完毕，衣衫整洁，自己走进缸中，盘腿坐下。不多久，也就圆寂了。

缸下的柴火点燃了，老尼姑坐在缸中，渐渐被烧着了，火是从脚到头，慢慢爬上去的。火堆里的老尼姑，像一尊佛，头顶上冒着光。眼见着，她化成灰了，从那骨灰里，竟飘出奇香来，钻人鼻孔，里三层外三层围着的人都闻到了。

——老典故说到这儿，也差不多说完了。听的人，一只烧饼也慢慢进肚子了，唇齿留香。站起来，掸掸身子，口福耳福都有了，真正心满意足得很。

现在，在老街上做老烧饼最出名的一家，是外地人。一家三口，本是来此卖炒货的。吃了这里的老烧饼后，丢不开了，就弄了一个炭炉子，摊起老烧饼来，味道正宗得不得了，一炮而红。到他们家去买老烧饼的，要提前一两天预约。外地人竟比本地人做得还地道，这也是奇了。这世上，千奇百怪的事，原本就多着的。

九枝百合花

明天，他们的生活，又将有些不一样了。

女人回家，总要路过一间花房，花房有个很好记的名字——最美。

女人的脚步匆匆，但眼睛，每次都要在花房门前的花花草草上，停上一停。

打理花草的是个女孩子，二十四五岁的样子。女孩子弯腰打理花草时，嘴里总哼着歌，愉悦得跟一只雀儿似的。

女孩子微胖，五官寻常。这样的女孩子倘若走在大街上，一点儿也不引人注目。然因有了花花草草的陪衬，女孩子在女人的眼里，就有了不一般。女人的眼光每次扫过那些花花草草后，都要顺便看一眼那个女孩子，在心里面叹一声：好美啊。

女人也曾有过这样的柔美时光，但生活的辛劳，让她老早就粗糙起来，渐渐的，女人被俗世的日子所淹没。然心里总有一块地方，空落落的，有时一阵轻风，也能碰疼它。何况，这么多的花！

女人是喜欢花的，尤其喜欢百合花，粉色的，白色的，插在"最美"花房门前的水桶里，一大捧，又一大捧。花瓣儿大得怕人，扯下几瓣来，恨不得就能缝条小围裙。

女人在一家餐馆里做切菜工，日日系着围裙，围裙是靛蓝色的。换一条，还是靛蓝色的。暮色沉沉。

要是拥有一捧百合花，会怎么样呢？每次这个念头刚冒出来，就被女人自己给掐灭了。多么可笑的想法！百合花又不顶吃又不顶用的，买了做什么呢？女人节俭得很，一个钱恨不得要分成两瓣来使，她不允许自己这么做。她的男人也不会赞同她这么做。——想到男人，女人苦笑地摇了摇头。

男人在一家单位做门卫，每个月只拿一点固定的死工资。女人和男人日常里的对话，几乎都是围绕着钱的。孩子念大学了，开支越来越大。将来孩子买房啊结婚啊什么的，需要大笔的钱。两家的老人也渐渐老了，身体常出状况，不是这个头疼，就是那个脑热的，一旦哪个倒下来，没钱是解决不了问题的。——中年人的生活，就是一地鸡毛。女人不敢想以后的生活，稍想想，头就疼得要裂开来。

这日，女人又经过"最美"花房门前。女孩子刚进了鲜艳的百合花回来，一大捧一大捧的，竟全是黄百合。女孩子把它们插在水桶里，摆在花房门前。女人的眼光扫过去，只觉得天地间好似没有了别的色彩，只剩下那明艳的黄。女人有些发痴了，她实在爱极了那些黄百合。女孩子见到女人在看花，忙忙招呼：阿姨，这黄百合能开好多天呢，今天刚到货的，您买几枝吧。

女人鬼使神差地点点头。她停下来，挑了三枝开好的，又挑了三枝半开半合的，再挑了三枝打花苞苞的。女孩子给她细细包扎好，并在里面插上一束满天星。满天星的白，点缀着黄百合的黄，映照得女人的眼睛水波潋滟起来。

阿姨，这满天星不要钱，是送给您的。女孩子把花束递给她，笑出两弯好看的月牙。

阿姨，您看上去好美。爱花的人，都是最美的，您说是吧阿姨？女孩子说。

女人点点头，羞涩起来。好些年好些年了吧，她似乎与美绝缘了。

她捧着那束花回家，脚像踩在云端里。等她走到家门口，才惊醒过来，看着怀里的花，后悔了。她懊恼地想，五十块钱呢，我平白无故花掉了五十块钱呢。

男人正把一盘炒好的青菜往桌上端，他看到捧着百合花的女人，愣住，拿眼瞪着。女人很心虚，她想撒个谎，说这花是饭店里顾客不要的。但她说不出口，一时间脸憋得通红。

花挺好看的。男人忽然开了口，笑了：你捧着花的样子，也好看。

那天晚上，女人和男人，就着一盘子炒青菜，一盘子炒鸡蛋，喝了一点小酒。在女人的眼里，她的男人很男人呢。在男人的眼里，他的女人很女人呢。一旁的百合花，幽幽地放着香。女人和男人都知道，明天，他们的生活还将继续。明天，他们的生活，又将有些不一样了。

十亩间

有时，少言的人，却自带光辉，就像植物们从不说话，但在植物们跟前，你自然而然会敛神静气，心灵也跟着洁净起来。

我喜欢去逛小蓟的花店。

小蓟的花店，不大，却有个耐人寻味的名字：十亩间。这三个字，用白漆书写在一块褐色的原木上，挂在花店门前的墙旁，上面攀爬着绿的藤蔓。我每每总要为之驻目，我想起《诗经》里的句子：十亩之间兮，桑者闲闲兮，行与子还兮。——十亩桑田青青，采桑的姑娘多么悠闲轻盈，晚霞照拂着炊烟，她们采好桑叶，相伴着一起回家。那景象，我以为是人间烟火里最美的。

不知小蓟的店名，是不是取自这里。问他，这个大男孩笑了笑，没说是，也没说不是。他白白的牙齿上，晃动着阳光的影子。

他店里的花草品种也不是很多，常见的不过是些草花，桔梗、石竹、波斯菊、太阳花之类的。他还极喜欢侍弄些野花来长。用他亲自烧制的瓦罐长一年蓬。用他亲自设计的陶罐长三叶草和蒲公英。瓷盆子里，他长红蓼和紫花地丁。那些野花，经他的手一拨弄一摆放，立即光彩起来，雅致起来。是灰姑娘穿上水晶鞋了。

小蓟是学美工的。据说他在这行的学业很突出，曾有大公司开高薪聘他，小蓟没去。有人替他可惜，说：小蓟你傻啊，放着那么好的机会不去，开个小花店能赚几个钱啊，还这么辛苦。小蓟只是笑笑，回：我愿意。

小蓟把他长的那些野花，在店门口排成一排，也是沸沸扬扬的花世界了。大家见了，盯着左瞧右看，终恍然大悟，叫起来：小蓟，这不是野花吗？野花也可以这么长？

小蓟笑笑的，不解释。那些花与花器的完美搭配，却叫人无法挪步，最后都忍不住捧上一盆两盆回去，野花也当家花来养了。

我在小蓟的"十亩间"来来去去多了，有时会跟小蓟开玩笑，我说：小蓟，你话怎么这么少呢，话多了才会赢得更多的客人呀。

小蓟就笑，白白的牙齿上，晃动着阳光的影子。小蓟说：要说那么多话做什么呢，做好自己就是了。

我怔住，看着小蓟。他穿过他的那些花花草草去，竟也似其中的一棵或一朵了。

　　小蓟的"十亩间"，一直在那儿，在一条普通的小巷子里。不大的一间屋，花的品种也还是那些个。但隔些日子不去，我会很想念，便又跑去了。小蓟还是那个样，微笑着，不多言说，只拨弄着他的那些花花草草盆盆罐罐，却让人觉得无比的安心和舒适。看着他，总让我觉得惭愧，想想我们日常说了多少的废话，淹没掉多少好光阴。有时，少言的人，却自带光辉，就像植物们从不说话，但在植物们跟前，你自然而然会敛神静气，心灵也跟着洁净起来。

麦浪滚滚

风吹，麦浪翻滚，一波一波，像黄绸缎铺开来，淹没了小小的人，觉得自己也成一株金色的麦穗了。

五月布谷鸟叫，布谷布谷——像短笛吹奏，清脆的一两声，绕着城市上空，一路向着城外去了。

这"笛声"牵人，人的脑子里立即现出一幅欢乐丰收图来：一望无际的农田里，麦浪滚滚，像滚着一堆又一堆的碎金子。阳光锡箔儿似的，在麦浪上跳。

乡下孩子，从小就亲近这样的图画。每闻布谷鸟叫，田里的麦子们，仿佛在一夜之间，全都被镶上了金，乡下村姑成皇贵妃了，华丽且雍容。农人们忙得脚不沾地，麦子要收割了，棉花要播种了。收割前夕，孩子们便有了一大任务，在麦田边看护麦子，追逐来偷食的雀。这任务孩子们乐意，持了长长的竹竿，很神气地在麦田边奔跑。风吹，麦浪翻滚，一波一波，像黄绸缎铺开来，淹没了小小的人，觉得自己也成一株金色的麦穗了。那景象，镌刻在记忆里，再难忘去。

我们去寻从前的麦浪。一行人，跟着布谷鸟，一路向着城外去。走过一个村庄，再一个，却难见到成片的麦浪了，有的只是零星的。村庄不长麦子了，麦子忙人，村庄的人，却越来越少。村庄只好长别的植物，或干脆长草。

好不容易逮着一个村子，眼睛里跳出一整片的麦地来，大家几乎要欢呼了，立即冲下车去。

小河横亘。有人家在河边居住，三间老平房，屋门落锁。一只狗蹲在家门口，很尽职地守着家。看到我们这群陌生人，狗兴奋地大呼小叫起来，寂静的村庄，一下子有了喧闹的感觉。

我们站在小河的石桥上，打眼四下望。桥下水浅，已看不出水的颜色，全被浮萍遮住。河边有几棵树，歪着长，很有些年纪的样子，倒是蓬勃出一汪生命的绿。树下杂草丛生。杂草丛中，一簇的胡萝卜花，开得恣意，上面蜂蝶忙碌。这是记忆里的村庄，熟悉，又陌生着。

有妇人经过，好奇问：做什么呢？我们答：来看麦子的呢。

哦，今年的麦子不好，她说。脸上的表情，也无风雨也无晴。

我们心里倒是一怔，赶忙跑下桥去看麦子。几块麦地里，麦子倒伏许多，像遭了劫。突然联想到前几日刮的那场大风，横扫天地的架势，麦子们如何能承载。

一老农跟过来，看我们倚着麦地作背景拍照。他慷慨地拔一把麦穗，让我们拿在手上，做拍照的道具用。他说：今年的麦粒也不饱呢。我们低头看，的确是，麦穗轻轻。有点忧心，村庄若是都不长麦子了，城里的面包从哪里来？

太阳打在一片麦子上，闪烁着金色的光芒。一阵风来，麦浪推着麦浪，向着不远处的田边去了。不远处，村人们的房子，像积木搭成的城堡，安静在五月的天空下。天上飘动着一朵朵白，一朵朵蓝，像从前。身旁的老农，弯腰把那把麦穗捡了，拿回去喂鸡。

我们回头，经过小桥。河边人家的那只狗，不再吠了。它蹲在家门口，眼光越过河边的杂草丛，安静且温柔地望着我们，一步一步走近。狗也是寂寞的，大概已把我们当作熟人了，眼睛里有了挽留的意思。

流年小恙

苦日子里，善良是石缝里开出的花，美得纯粹。

没有任何征兆的，早上起来，一只眼睛竟红肿得不能睁开。那人瞅我一眼，乐了：你害红眼病了。

对着镜子，用另一只眼打量这只眼，果真是害红眼。难怪他要乐，连我自己，也忍不住乐了。红眼病，多么稀罕，那是属于小时候的。

那时，患这种病的人多，在村子里随便走着走着，就会碰到一个，两眼红肿得如红桃子。这种无伤筋骨的眼疾，传染却极迅速，往往是一个害上了，周围的人会一个一个跟着害上。祖母的土方法是，泡上一盆盐水，让我们早也洗，晚也洗，洗着洗着，就好了。

小时还特爱生疮，头上，身上。有一年身上害疮，脓包连着脓包，背后竟无一块完整的好皮肤。每晚临睡前，母亲要费很大的劲，才把粘在我皮肤上的衣服剥开，涂上一种气味难闻的黄霉素。睡觉时不能仰面睡，只能伏着，耳朵便尖着，门外风吹过草屑的声音，我也听得分明。半夜里醒来，羊的梦呓，在空气中洇化开来，露一样清凉着。身边环绕着亲人们的呼吸，心静且安。

我的玩伴萍，爱在头上生疮。一年四季，她的头上都淌着脓水。萍还在极小的时候，父母离异，母亲远嫁他乡，她跟了父亲。父亲懒且好酒，常喝得醉醺醺的。这个时候，萍就遭殃了，稍稍做错点什么，便会招来父亲一顿痛打。许是被打多了，萍总是木愣愣的，沉默寡言。她的头发被剪得秃秃的，身上整日穿一件破棉袄，脏得看不见布料颜色。午饭时，她吮着手指，撑在我家门口，看我们吃饭。祖母叹一口气，起身，给她添一只碗。饭后，打一盆温水，给她清洗头上的脓疮，再细细抹上药粉。

萍现在已是两个孩子的母亲，日子过得挺红火的。我回老家，遇到她，结实红润的一个人。提到我故去的祖母，她掉泪：四奶奶是个好人啊，我那时头上生疮，她舍不得我，回回都要帮我清洗。我动容。苦日子里，善良是石缝里开出的花，美得纯粹。

那时，我们还爱患腮腺炎，乡人们叫它"害蛤蟆"。某日早起，下巴被一个肿块牵着，生疼。摸去，竟有圆圆的瘤子，遂大惊失色叫起来。大人们看一眼，不慌不忙，说：哦，害蛤蟆了。然后牵着我们的小手，送去村里的土郎中家。土郎中取出毛笔和墨汁，在我们肿起的部位周围，煞有介事地画一个圈，再给我们配点药吃，说：过几天就好了。大人们便笑起来：哦，没事了，"蛤蟆"掉进"井"里了。这带着极浓烈迷信色彩的办法，很是宽慰了一些贫瘠的心。不几日，炎症自然消了，——这当然不是墨汁画圈的功劳，但乡人们却坚定不移地相信着。

出痧子则是每个孩子必经的事。民国才女林徽因，提及小时出痧子，有段极美好的回忆。她的家乡人称痧子作"水珠"，这名字的美好，让小小的她，忘了它是一种病，竟觉着一种神秘的骄傲。整个病中，她都奢侈地愉悦着，欢喜着，阳光泄泄融融。我对出痧子的回忆，也是美好得如诗如画的，倒不是因"痧子"这个名，而是出痧子时享受的特殊待遇。出痧子时不能见风，做母亲的必做一顶小红帽给孩子戴上，红帽子后拖着长长的红布条。人一见这样的装扮，便知，这孩子出痧子了。但还是要相问一句：丫头出痧子了？做母亲的笑答：是啊。于是小小的心里，涌出神圣感来，觉得这件事的了不得。

痧子要褪掉时，极痒。母亲叮嘱，千万不能伸手挠，不然，长大了会变成麻子的。村子里有个麻子伯伯，成天顶着一脸的大麻子，极不好看。我们怕成为麻子伯伯那样的人，再痒，也忍着不用手去挠。人生中的许多痛和痒，就这样的，忍一忍，也就过来了。

一袋野山菌

袋子里，散出淡淡的香，经久在我的日子里。

一溜排开的小摊子，在山脚下，女人们守着，脸庞一律的红黑。是些卖山货的，篾篮里装着野蘑菇野山菌野核桃之类的。

这是北方，天空明净得如同水洗过。女人们的笑，也如水洗过的天空一样明净，她们热情招呼每一个走过她们摊前的游客：买点山货带回家呀。

我吃过野山菌炖鸡，味道实在好。我站到一个卖野山菌的摊前，看那些野山菌。女人抬脸冲我笑，伸手抓一把野山菌递给我：你尝尝，香呢。我惊讶：可以生吃的？女人乐了：山上长出来的，有什么不能生吃的？这是大山人的骄傲。

舌尖上盘旋着野山菌的香，我放下 20 元钱，我说我买 20 元野山菌。女人高兴地答应一声：好咧。麻利地装袋称秤，秤杆翘得高高，20 元钱居然可以买一大袋。导游小姐这时突然找了来，说：大家都在等你呢，要上山了哦。我有些歉疚，袋子未拿，我冲女人说：先放你这里，我回头来取。赶紧跟着导游小姐走了。

两小时后，我们回头，一溜的摊子里，却再也找不到那个女人了。同行中有人知道这事，笑我的傻，说我被骗了。我表面上笑着，心里却疙瘩着，20元钱事小，却让我信任他人的一颗心，受了伤。

回来，说起北方，有明净的蓝天和云朵，有好吃的水果和菜肴，却有一处，生生被我绕过去，仿佛纯白的衣上，沾了一块油斑。

日子一天一天滑过，北方的野山菌，渐渐被我淡忘。却于一日午后，突然收到一个包裹，包裹里，装着晒干的野山菌。随包裹寄来的是一封信，信是我在北方游玩时跟的那个团的导游小姐写来的，信中说，那个女人，当时她的母亲出了事，未来得及等我，就回去了。几天后，女人的母亲过世，等女人处理好一切再到山脚下，已等不到我了。女人便天天守那儿等，风雨无阻。看见有导游带团过去，就追上前去问人家：你们有没有客人搁了野山菌在我这儿？直到有一天，她再次带团进山，碰到那个女人，一下子想起我的野山菌。

我珍藏了这袋野山菌。袋子里，散出淡淡的香，经久在我的日子里。

一碗水的字

世上之事，哪一样不是如此积累，方才拥有蓊郁葱茏？

我把一只吃剩的红薯，埋到花盆里。花盆里原先长着仙客来，满满一盆红花，很是繁茂了一阵子。花萎了，花盆便空落下来。现在，一只红薯住进去了。

红薯很是欢快地在里面生长起来。它每天很认真地爆出几枚新芽，像个勤快的农夫，管着他的一亩二分地，兢兢业业。紫色的茎，渐渐成形。描着紫色血管的小叶片，亦渐渐成形。我每日里去看它，都看到它的变化：茎长高了，长粗了；叶片儿伸展开来，变圆润了。——生命的生长，原是这样一点一点积攒着的，每天生长一点儿，每天都不懈怠。终有一天，它将捧出一盆的青绿。

世上之事，哪一样不是如此积累，方才拥有蓊郁葱茏？

认识一个老书法家，八十多岁了，样子看上去，一点也不

128

像八十多岁的老人。他家住六楼，六层的楼梯，他能一口气爬上去，不带气喘的。他每天这么锻炼着，上上下下，来来回回十几趟。他对我伸伸胳膊，晃一晃，孩童般地淘气着，说：我这劲道可大着呢，你跟我掰手腕，可不一定掰得过我哟。说话的声音中气十足，洪亮得像镶着金属片。眼神儿亦没有丝毫混浊，而是亮亮的，精神饱满得让年轻人也自愧弗如。

我是在一个文艺作品颁奖会上遇到他的。他的书法作品，获得唯一一个特等奖。他书写的是王勃的绝句"落霞与孤鹜齐飞，秋水共长天一色"，尺幅之间，笔墨有着喷涌之势，遒劲力道，又疏朗俊逸，给人山长水阔之感。即便我这个外行看着，也觉得好。以为他定是从小就练这个的。谁知他哈哈一笑，掰着手指头让我猜。我猜了几次，全是错的。他狡黠地冲我眨眨眼睛，说：我是七十岁以后，才重做小学生的。

七十岁之前，他的人生都是一笔糊涂账，随波逐流，得过且过，平平静静，无有起落。跨过七十岁的门槛，他恍然而惊，不行啊，我这样子活着，什么也没留下，到死也闭不上眼睛啊。又因老来无所事事，时光变得空空荡荡。他不想再这样下去，他怕自己会患上老年痴呆症。他要找点事做，于是，他想到练字。

起初，听说他要练字，儿女们只当是笑话，劝他：您都七老八十的人了，瞎折腾什么呢，您就负责吃吃喝喝玩玩，不是很好么？他听了，越发顶真起来，他可不想被他们当作"老废物"。

从开始决定练字，到字在纸上成型，他用了五年的时间。那五年里，他每天必做的一件事，就是写满一碗水。他用笔蘸水，在水写布上写，一横一竖一点一撇一捺，慢慢练着。一碗水的字写完了，这一天对他来说，才算完满。

我是从一碗水起步的，他哈哈笑起来。现在，他每天必临摹一百个大字。"日成一事，厚积薄发。"老人家欣然挥毫，在我递给他的宣纸上，写下了这八个字赠我。

第四辑
岁月平凡，日子发亮

总要等到一些年后，你才明白，一些旧物件里，藏着你的念想。旧日回不去的光阴——无论欢喜，无论疼痛，都是好的，因为，那是你曾经努力活过的印迹。

回　家

从前的日子，我疏忽父母太多。好在还有当下的日子，我可以弥补。

父亲生日，我记着，买了蛋糕和礼物，回家。父亲很有些意外了，他根本没想到我能记着他的生日。他高兴得手足无措，在家门口转来转去，一会儿弯腰扶扶倚在墙边的扫帚，一会儿挥手去赶来凑热闹的鸡。我把买给他的礼物——一件外套拿出来，让他穿上试试，他不好意思起来，装作不在意地说：不就是个闲生日嘛，买什么衣裳。

我说：爸，闲生日也要过，以后每年我都会替你过。心下却黯然，父亲都七十有一了，又有几个生日好过？父亲却满足得"嘀嘀"笑起来，我看到他浑浊的眼里，有亮亮的东西闪现，我的举手之劳，一定在他心里掀起了万顷波澜。我和母亲在厨房里做饭，就听到他在外面大着嗓门，不厌其烦地告诉邻居

133

二爹，我家二丫头特地请假回来给我过生日。不就是个闲生日嘛，还给我又买衣裳又买蛋糕的，他补充道。

母亲不屑，母亲说：你爸就爱吹牛。母亲的脸上，却荡满笑意——母亲也是欢喜的。饭桌上，不胜酒力的父亲喝多了，他重三倒四地叨叨：我真幸福啊。我笑看可爱的老父亲，心里惭愧，从前的日子，我疏忽父母太多。好在还有当下的日子，我可以弥补。

出门去，阳光荻絮似的，淡淡轻拂。午后的村庄，安静得很像一捧流水，只剩下老人和孩子了——其实，孩子也没见着几个。只有几只狗，主人似的，满村庄溜达，不时吠上一两声。我以为，它们是寂寞了。

我去田间转悠。这里，那里，都曾留有我少年光阴。我在地里挑过猪草羊草。我在地里掰过玉米，拾过棉花。我熟悉很多植物：车前子、牛耳朵、婆婆纳、野蒿、黄花菜、苜蓿、菖蒲和苦艾。一蓬一蓬的苇花，在风中起舞，它们让我的目光，在上面逗留了又逗留。

一妇人趴在沟边锄草，身子都快躬到地上去了。她头上花头巾的一角被风撩起，露出里面灰白的发来——竟是那么的老！记忆里，她辫一根乌黑的长辫子，健壮结实，挑着担子也能健步如飞。我站定看她，她也看我，许久，她哎呀一声，这不是梅吗？是我，姨。这么一答，我觉得鼻子有点酸。不知为何。

我看着她笑，在心里找着话。说点什么好呢？我没找着。

她大概也找不着要说的话，就从地里拔一棵白萝卜给我，说：没有空心呢。我接过，摘了路边的蚕豆叶子擦擦，"咔嚓"咬了两口——小时，我都是这么干的。我们一村的人，也都是这么干的。

她呵呵笑起来，很开心的样子。

你真孝顺啊。她终于又说一句。

我赧颜，又有些伤感。我听说过她的两个儿子，一个远去云南，做了人家的上门女婿。一个常年在外打工，极少回家。地里的荠菜花开得星星点点，奔放灿烂是春天的事。麦苗儿却绿滴滴的，让人忍不住想揪了一把吃。

望见麦田中的坟。这儿一座，那儿一座，那里住着我熟悉的村人。我祖父祖母的坟也在。隔着不远的距离，我在心里向他们致敬。

有他们在，村庄便永远在。

最美的语言

这世上最美的语言，我怕是叫一声少一声了。但眼下我还能叫着，我很感激了。

回了趟老家。

这次回老家，我没像往常一样，预先给我爸我妈发布通知。我爸我妈毫无准备，他们真实的日常，便真实地袒露在我跟前。

上午十点钟的光景。村庄安静得像一座空城，轻微的风吹，也能听得见回响。地里的麦子熟了，有些已收割，有些还没收割。大地缄默不语。

有小白狗不识我，远远冲我吠，扯着喉咙跳上跳下，兴奋得不得了。村庄里来的陌生人也少，它一定当我是陌生人了。我苦笑，我何尝不是一个陌生人？

爸妈没有应声走出来。家门半掩着，门前的场地上，晾晒着麦子。场地边上，是我前年种下的花，两三年的工夫，它们已蔓延成一大片了。是些大丽花、波斯菊，还有小野菊，它们正颜色绚烂，热情高涨地开着。花丛中没见到一根杂草，说明我妈肯定给它们除过草了。我关照过她的，一定要养好我的花。我妈记着了。

打我爸电话。我爸正在村部卫生所输液，他身体有炎症，又查出身体内长了个肌瘤。

村部挪了地方。我向一个人打听怎么走，那人很热心地把我送出好远。

村部大院子里没见到一个人。卫生所的一间屋子里，人却满满的，都是些老人，都在输液，我爸在其中。看见我，他很激动，别的老人都没有儿女去看望的，只他有。他一个劲儿地傻笑，嘴里重复地说的只有一句：乖乖呀，乖乖呀。儿女是他最好的药，能止他一时的痛，让他忘了疾病。

妈原来在家，在蚕房里忙着。妈很像一片草叶子了，缩在哪个角落里，很容易被人遗忘掉。我责怪妈：不是让你不要再养蚕的吗！

妈很委屈，她说：我家的桑叶长得那么好，那么好。妈的逻辑是，既然长得那么好，不养蚕就对不起桑叶了。妈又喃喃：家里的活计我不做，谁做？你爸又不能做。他得了这个倒霉的病，总是尿裤子，一天到晚我要帮他洗十几条裤子。

爸听见妈的话，很抱歉地笑，沮丧地跟我说：我有时都觉得没活头了。

我安慰他：爸，咱活着一天就赚了一天。你虽有病，可比起那些中风躺在床上不能动的人，不是好很多了吗？

爸点点头，说：是啊，我还能吃还能睡，还能走还能动的。

咱有病就治病，积极地去应对，万事不要怕，有我呢，我会帮你安排得好好的。我继续宽慰我爸，并塞给他一些钱。

妈这时跑过来告状，说上次爸说带她上街玩，结果去逛了一天，什么也没舍得买，吃饭是买的盒饭，就蹲在冷风口吃下去了。妈本是笑着说的，说着说着，就抹起眼泪。妈的眼泪，近年来特别多。

爸只好干笑，说：你这人，你这人，也是你同意买盒饭的，那天我们不也吃得挺饱吗？

我实在不知说他们什么才好。想到风里头，两个老人蹲在一起吃盒饭，我鼻子就发酸。

爸手头也不是没有钱。我姐说，他存着好几万呢。但爸一辈子穷怕了，节俭得近乎吝啬，近乎抠。爸有他的理由，万一呢，万一出个什么事要用钱呢，到时没钱，那不是让子女受累了？

爸是在为他和我妈的后事做准备，我心里明白，我只不说，假装天还长着，地还久着，岁月还未老。

我拉他们一起站在门前的花旁拍照，我妈为此特地换了身新衣裳，笑得像个小女生。我爸也很认真地把翘起来的衣角理平，又换一顶新帽子戴头上。我一手搂一个，叫一声爸，再叫一声妈。这世上最美的语言，我怕是叫一声少一声了。但眼下我还能叫着，我很感激了。

命　运

　　我想，我们最终，也都会顺着命运的纹路走，不作任何抵抗。

　　爸病了。

　　一场小小的感冒，就轻易击垮他了。

　　他已经衰老得不堪一击。

　　他动弹不得。他不能穿衣，不能坐起，不想吃饭。额上有汗，他自己也擦不了了，喝口水也得有人喂。

　　小弟像呵护一个小小婴儿般的，给他穿衣，给他擦汗，喂他喝水。他自己干着急，说：我现在怎么变得这么无用！

　　我很无奈。我像看见一支蜡烛，就那么燃着燃着，就要燃到头了。

　　这个时候，窗外正飘着一场漫天大雪。我爸的一生中，飘过无数次这样的雪吧，童年的，少年的，青年的，中年的。那些雪的味道，都是些什么呢？

我们说：外面好大的雪啊。

我爸也只是"哦"了一声。他已不关心这个世界了。

烧退了后，我爸精神恢复不少。虽然还不能行走自如。

我们可以和他说说笑笑了。

我爸说：这是命中注定。他信命，算命的说过，他在
七八十岁上，会有个坎。这个坎若是跨过去了，他还能幸福
几年。

我和小弟对他的这种说法，颇为不屑，我们用鼻孔里的
"哼"声回答了他。当"哼"声一出，我突然怔住，我们的样
子，多像当年的他啊。当年，他也是这么不信鬼神不信命的，
意气风发，敢作敢当，果敢坚决得一往无前。

我爸没留意我的神态，他继续半痴半迷地说：算命的算得
真准，说我晚年幸福。我现在，果真很幸福。

我爸用了"幸福"这个词。

他说这个词时，我和小弟，正一左一右，围在他床边。我
们一个扶他坐稳，一个给他喂橙子。我爸一脸沉迷，那神情
好似沐浴刚毕，正舒服地在躺椅上躺下，享受一杯香茗。事
实上，他整个的人，一点也不舒服。他半躺在病床上，他的
身侧，挂着个导尿袋。他被前列腺炎折磨已有好几年了，看遍
大小医院，医生的诊断，惊人的一致，说：是功能性衰退，除
非体外排尿。医生建议，挂个尿袋吧。那时我爸意志坚决，他

说：不挂，不挂！他情愿动手术，也不肯挂的。

但现在，我爸挂上了。他不得不一步一步，向命运妥协。他说：这是命。他说的时候，还笑了笑，似乎并不在意了。

我想，我们最终，也都会顺着命运的纹路走，不作任何抵抗。

因为，你已无退路可走，你只能面对。

我爸现在想得最多的，是小时候的事。

他问我：是不是人老了都爱回忆了？

我不能回答。

他也无需我回答，他陷在他的往昔里。

往昔有多远呢？远到1940年。我爸出生，跟着他的二姨娘，长到五六岁。二姨娘膝下无子，拿他当眼珠子。她把米糕蒸烂了喂他。她炒了花生，用小碗盛着，让他坐在踏板上剥着吃。夏天，她给他摇扇子，摇得手酸麻得不能端碗了。地里长着好大的萝卜啊，人家拔了送他，他拖着大萝卜走，一路走，一路叫着二姨娘。二姨娘闻声而出，一把抱住他，我的乖乖，你好有本事，拖这么个大萝卜回家。

二姨夫是个了不得的人，那时任区长，上万人的大会，二姨夫站在台上讲话。二姨娘也去参加大会，把他抱在怀里。他长得漂亮，惹人喜爱，见到的人争相抱他。他认生，哭，二姨娘就拿糖果哄他。台上二姨夫在讲话，台下掌声雷动。

那么多的人啊，人山人海。

哦，我记得那个人的，我是说二姨爹。我插话。

长得相当英俊，文人气质，偏偏剑眉星目。那是我从一张黑白照上读到的。他留给我的真实记忆，是我三四岁的时候，他躺在堂屋的地上，一屋子的人，轻声轻语，神情肃穆。

那是他死了，我爸说，他得了癌，最后吐血吐死的。

他有个兄弟，也有个妹子，我在他们家时，他兄弟和妹子都争着抱我，每晚他们都变着花样哄我玩，想我跟他们一起睡。他兄弟和妹子人都非常好。后来，他兄弟不见了。我长到八九岁，他兄弟突然回家来，腰里束着副皮带，别着把驳壳枪。那一次，他兄弟在家吃了一顿饭，就走了，从此再也没回来过。后来有一天，他们的妈妈，看见一个人站在家门口，冲着她笑，腰里别着把驳壳枪。她心想，这不是我的小儿子吗！等她揉揉眼，想再细细看时，哪知那个人已不见了。全家人这才认定他兄弟死了，帮他兄弟立了个牌位，每年给他兄弟烧些纸钱。公家后来追认他兄弟为烈士。二姨爹死后，你二姨奶奶就成了一个人了。

你二姨奶奶当初很想我去他们家的，继承他们的家业，你奶奶不让。

你二姨奶奶后来就把家产都变卖掉了，只给自己砌了两间小茅屋容身，她说一个人不用住那么大。

你二姨奶奶这个人命苦啊，最后自己烧死在床上。

我爸絮絮叨叨地说。说着说着，说累了，他要睡一会儿了。

我只觉得哪里的一扇窗，"啪"的一声，被关上了。谁也进不去。

我想起一句话来：我所经历的一切，只对我自身有意义。

当一生完结，所有的一切，都将交还给自然。

那些疼我的人

世间的美好，原是这样的爱写成的。

三月天，蜜蜂从土墙的洞里钻出来，嗡嗡闹着。柳树绿了，桃花开了，油菜花更是开得惊心动魄，铺展出一望无际的黄。上个世纪七十年代的乡下，这个时候，正是青黄不接。有什么可吃的呢？没有的。

我去爬屋后的小木桥。小木桥搭在小河上方，桥下终年河水潺潺。湍急的水流，在幼小的我的眼里，很可怕，我害怕从桥缝里掉下去。那样的害怕，最终会被一种向往所抵消。爬过木桥，就可以去几里外的外婆家，外婆会给我一只煮鸡蛋，或是一捧炒蚕豆。这是极香的诱惑！

我很幸运，每次都能安全地爬过木桥去。矮矮的外婆见到我，眼睛笑眯成一条缝。她手里正补着衣服，或是纳着鞋底，她会立即放下手里的活儿，她的手会抚过我的脸，是沙子吹过的感觉，很糙，却极暖。然后去灶边生火。一瓢清水倒进锅里，腾起一股热浪来，我知道，我可以有煮鸡蛋吃了。一脸威严的外公埋怨她："那是换盐的鸡蛋啊，家里快没盐了。"外婆挡着，说："小点儿声，别吓着孩子。"他们在屋里嘈嘈切切地吵。我不管那些的，有外婆护着，有香香的煮鸡蛋可以吃，便觉得自己是世上最幸福的孩子。

我有过几次大难不死的经历。母亲说："有一年，全村83个孩子都出天花了，你是最严重的一个，高烧昏迷，不省人事。医生说，没治了，让准备后事。我抱着你，七天七夜没合眼。你呀……"母亲没有继续这个"你呀"，她笑着说起另外的事，关心我现在是不是还常常熬夜。"不要熬夜呀，人吃不消的。你要好好的呀！"母亲这样说。我却在她那一句未完的"你呀"后面浮想联翩，想我是这么一个难缠难养的孩子，母亲的心，不知碎过多少回。大雪天，我又突然生病，母亲顶着风雪去找医生。医生来了，说，不行，得赶紧送街上的医院。街离村子有几十里路，父亲又不在家，风大雪大的，母亲却决定一个人用拖车拖我去医院。母亲就真的上路了，用被子把我里三层外三层地裹好。一路上，母亲不知跌了多少跟头，我却安然无恙。到了医院，医生看着雪人一样的母亲，感动了，立即给我检查，是急性肺炎，晚一会儿，就难治了。我的病好了，母亲的额上，却留着指头长的一道疤，像一条卧着的小蚕。我抚摸着母亲的那块疤，问母亲后不后悔生了我。母亲嗔怪地打掉我的手，说一句："你呀……"

结婚了，遇到的那个人，不是貌若潘安，才似柳永，却会在我生病的时候，守在身边，给我削梨子；会在我磕疼的时候，一边给我揉瘀血的膝盖，一边嗔怪："怎么这么不小心？"他会买我爱吃的鸡蛋卷回来，还有我喜欢的花花草草，摆一阳台，我还是不满足，说还要，他答应一声："好。"有时我也会明知故问："你宝贝我吗？"他笑着答："我不宝贝你，还能宝贝谁呢？"时光刹那停住，天荒地老。

现在，我在织一件毛衣。入冬了，儿子的毛衣短了。我挑橘黄的颜色，选一种小熊猫的图案，这样织出来，一定非常漂亮，儿子穿上，会极帅气的。儿子在一边看着，问："妈妈，是给我织的吗？"我答："不给你织，给谁织呢？""那么，妈妈，你是宝贝我的吗？"我答："我不宝贝你，还能宝贝谁呢？"思绪就在那一刻拐了弯，生命中那些疼我的人，一一浮现出来。我痴痴地想，上帝送他们来，就是为了来疼我的，就像我疼我的儿子一样。世间的美好，原是这样的爱写成的。

如今，我的外婆已去世了。值得安慰的是，她走时，我在她身边。她看着我，最后疼爱的光亮，像淡淡的紫薇花瓣落下，落在我的脸上，留在这个世上。

人生大赢家

生命中得到的，永远比失去的多。

我爸最近爱说一句口头禅：我赚了。

别以为老爷子发了什么意外横财。一个七十多岁的老农，守在家里的三分地上，种点蔬菜粮食，能发财到哪里去？我清楚地知道，我爸的口袋里，从来不会超过二百块。

我爸却满足得很，走哪里都乐呵呵的，说：我赚了。按我爸的说法是，过去没柴烧，现在有了。过去没饭吃，现在就恨肚子装不下。过去没衣裳穿，现在多得穿不了了。过去住茅草屋，现在住上砖瓦房了。——这，当然是赚了。

我们兄妹几个一起归家，我爸最开心。他去地里拔了青菜，又拔萝卜。他一手举青菜，一手举萝卜，得意地对我们说：我种的。瞧，长得多好！我赚了啊！

青菜烧豆腐。萝卜烧肉。一家人坐下来，平日极少沾酒的我爸，这时，必满上一杯，轻酌慢饮。酒未醉人人自醉，我爸笑眯眯地看看这个孩子，望望那个孩子，醉眼蒙眬，感叹道：这日子多幸福啊，我真是赚了。

我们懂他的意思，四个儿女，个个健全安康。虽没有大富大贵，却都善良本分，能把寻常的小日子，过得有声有色。对我爸来说，这就是他最大的收成。

他跟我们聊起村子里的人和事。记得福立吗？比我还小几岁呢，前些天得病走了，走的时候，床边没一个人，我爸摇头叹。福立真是苦了一辈子啊，招了个上门女婿，平日里对他非打即骂，他一辈子没吃过好的没穿过好的，就这么走了。世事无常，我爸陷入到一层深深的忧伤里。但随后他又开心起来，他呷一口酒，看看我们这个，望望我们那个，幸福满满地说：比起福立来说，我赚多了，我的儿女个个孝顺。

又聊到朝平。朝平跟我爸是同龄人，膝下只有一个儿子。朝平的儿子出息了，如今定居在美国。但我一点都不羡慕朝平，我爸说，他不如我幸福，有个头疼脑热的，身边也没个人照应。哪像我这么有福，逢年过节，我的儿女都能回来看我。——这么一算账，我爸的确又赚了。

聊到和我们从小一起长大的邻居四小，我们都感慨不已。四小从小聪明，有生意头脑。成年后，南下广州做生意，一度辉煌闪耀，回到村子里，翻盖了三层楼房，很是鹤立鸡群。但他竟不走正道，偷偷贩毒，被抓了，判了个无期。我爸说：四小出了这档事，他的爹娘在村子里再抬不起头来了。你们都好好的，我就赚了，我爸最后总结道。

带我爸去北京。一路之上，他一直念念叨叨，说他赚大了。你想啊，村子里那么多人，谁能像我这样，又是坐火车又是坐飞机的，还看天安门爬长城？他们一辈子都不知道，天安门的门是朝南还是朝北呢。我赚大了，死了也闭眼睛了，我爸逢人便告。

现在，老爷子的身子骨还很硬朗，能骑着电瓶车载着我妈，到几十里外的老街上吃了早点再回家。我爸觉得，他赚了，他是人生的大赢家。一生的艰难困苦，那都可以忽略不计的。我爸憧憬道：日子还会越来越好。

看看我爸，再想想我们，有坚固的屋檐庇佑风雨。有稳妥的工作滋养日子。有明亮的眼睛可以抬头看天，低头见花。有健康的双腿可以健步如飞，四处游走。生命中得到的，永远比失去的多。这么一想，我们其实都是人生大赢家。

在艾香里吃粽子

有时，想念也需要一种氛围。

满街飘着粽子香，我才惊觉，又到端午了。

母亲很关心我有没有粽子吃，她包了许多粽子，红豆的，红枣的，瘦肉的，花生的，咸蛋黄的……母亲在粽子上，穷尽花样，为的只是我喜欢。

母亲托人带粽子到城里来。来人提着沉甸甸的袋子，袋子里全是母亲裹的粽子，十天半月也吃不完。来人说：你妈忙了好几天了，连夜煮好的呀。想对母亲说，街上有卖的啊。却没说。这是母亲独有的一份乐，如果不让她裹粽子，想必，她会生出许多的寂寞和失落。所以，我从没告诉过母亲，我其实，早已不喜欢吃粽子了。

是从什么时候起，我对粽子丧失了兴趣的？这是没法考究的事了。日子的轮转，让曾经许多的喜欢，都成为记忆。天还是那么蓝，云还是那么白，人却不是那个人了，不是那个因有粽子可吃，就欢天喜地笑逐颜开的小丫头了。

这世上，少有一种喜欢是天长地久的。很多的喜欢，都是此一时彼一时的事情，所以有"时过境迁"之说。

但，节却是要过的，年年如此。邻家女人，买了糯米和苇叶，她遇见我，笑嘻嘻说：我自己裹粽子呀，一会儿你到我家来吃啊。我在她那个"裹"字上打转。多么生动形象的一个字！是给米穿上绿蓑衣呢，像裹着一个白嫩的小娃娃。那架势，有烟火的闹腾，有过日子的隆重。生活如此这般，真是美好。

我笑着谢了她，我说我妈给我带了许多的。回家，我开始吃母亲带给我的粽子，那么多粽子，只只都带着母亲的温度，扔了是罪过，所以我努力吃。吃时，我突然想起一种叫艾蒿的草，叶片灰绿中泛白，茎亦是灰绿中泛白，笔直笔直的，香气从茎叶间散发出来。这种香气很奇特，香得苦苦的，醇醇的，却让人闻着很受用。

那时，每逢端午节，我们都要跑去沟边河畔，割上几捧艾蒿回来。家里随便乱插，大门上、窗台上、家神柜上，都插上。甚至蚊帐里，也要挂上一小把，家里处处弥漫着艾蒿苦苦的香。祖母说艾草避邪。我们不去管它避不避邪，只是单纯喜欢着这样的忙乱，这样的张罗，这代表着过节呢，代表着我们有粽子可吃。我们在艾香里吃粽子，无忧也无虑。

街上有卖艾蒿的，一小把一小把地捆扎着，插在塑料桶里，跟苇叶一起叫卖。买苇叶时，若你要艾蒿，卖的人会送你一小把，不要钱。川流的人群里，也便看到有人的自行车的车把上，插一把艾蒿。你正待细看那人，一阵艾香过，人已去远了。

我笑笑，也去买两把艾蒿回家，准备插到花瓶里，让我的屋子也充满艾香。那么，我就可以在艾香里吃粽子，想想小时候。有时，想念也需要一种氛围。

一盒月饼

不喜欢吃甜的母亲，把弟弟送的月饼，一只一只吃下去。

一盒月饼，包装极简单。是最常见的那种硬纸盒，盒面上印着几只豆沙月饼，挤挤挨挨着，很甜蜜的样子。

月饼是弟弟托人捎给母亲的。母亲乐得什么似的，逢人便说，她儿子给她送月饼了。

在母亲的几个孩子里，最聪明的要数弟弟。读书时数学特别好，也没见他怎么认真啊，竟回回都能考第一。只是他玩心太重，把读书当业余，结果与大学失之交臂。劝他复读，他回答三个字：不高兴。任性地要独自出去闯天下，不顾母亲一把鼻涕一把眼泪的。

一个人就随了南下的大军走天涯去了，到广州，到珠海，到深圳。可怜的母亲，不时拿了这样的话去问别人：广州是个什么地方啊？珠海那地方冷不冷啊？深圳那地方吃不吃大米饭？

很长时间没电话至，母亲就在家里坐卧不安，念叨着他冷了热了饥了渴了。一日弟弟突来一电话，说身上没钱了，不得不去工地上帮人搬砖头赚饭钱。母亲当即眼泪"唰"就下来了，在电话里头对弟弟哭：乖乖你回来吧，家里还有二亩地，妈还能养活你。

弟弟却执拗着不肯回，一定要在外面混出个人样来。那些日子，对母亲来说，实在是煎熬，她睁眼闭眼都是弟弟在外挨饿的样子，以至于她一端到饭碗，就忍不住痛哭失声。

弟弟后来在一电子厂找到活儿干，无师自通学会设计，竟被聘为工程师，专门搞图纸设计，工资待遇相当好。弟弟再打电话回家，就底气十足的了，话语里，不无得意。这让母亲好生担忧，担忧别人眼红他，一个劲儿叮嘱弟弟要稳稳做人。弟弟不耐烦听，抢白她两句就搁了电话。母亲一个人发好长时间呆，说她的眼皮跳得很厉害。

弟弟果真遭人暗算，设计好的图纸被人篡改了，导致生产出的产品一件也不合格。弟弟的工资全部被扣除，人也被扫地出门。屋漏偏逢下大雨，跟他热恋两年的女朋友，这时竟投入另一个人的怀抱中。母亲知道了，一夜之间，嘴上急出小水泡，就要一个人跑到深圳去。后在父亲力劝下，才打消跑去的念头，把家里能凑到的钱全寄了去，一颗母亲的心也随之寄去，是含泪的恳求：乖乖，你待不下去就回家来，家里的水土最养人。

弟弟从深圳回家，两手空空。老大不小的人了，母亲开始愁着帮他成家。他却没事人似的，整天晃东晃西。母亲说他两句，他跟母亲顶嘴，母亲急得夜夜难眠，半夜里坐床上叹气。

后来弟弟终于看上一女孩，也终于一路顺畅地成了家。母亲以为可以松一口气了，哪知小两口却整日吵吵闹闹，为了钱。吵得厉害时，竟闹起离婚来。母亲只得拼命干活赚钱，人瘦得仿佛风一吹，就会倒下。

待得弟弟有孩子了，弟弟方才醒悟过来，一个男人肩上应有的担子。他跟了别人学装潢，手巧，一学就会，很快出师。就随了工程队，到上海混生活去了。不久来电话告诉母亲，一天里，总有一二百块收入的。母亲的心，才渐渐安定下来。

中秋前，弟弟从上海托人给母亲捎了月饼来，只一盒，就把母亲的幸福装得满满的了。不喜欢吃甜的母亲，把弟弟送的月饼，一只一只吃下去。吃时，母亲的眼睛里，一直闪着笑的波，晶亮晶亮的。

母亲的生日

曾经年轻的母亲，已是白发多于黑发，却没有一个孩子能记得住她的生日。

母亲生日的时候，棉花地里的棉花正大朵大朵地开。母亲闲不住，到棉花地里去拾棉花。一朵一朵的雪白入了母亲的怀，母亲搂抱着棉花，在微风里笑，母亲笑得很年轻，很好看，——这是记忆中的母亲。那天，拾完棉花回家的母亲，把一朵一朵的棉花，摊在院门前晒。我们像讨食的小鸡般的，围着母亲转，母亲会给我们下面条吃，还会额外做两道菜——炒鸡蛋和鸡蛋卷。鸡蛋是家里现成的，再到地里挑些菜，做成鸡蛋卷吃。母亲极少吃，只笑眯眯看着我们吃，我们吃得很香。

母亲问我们：长大了，会不会记得妈妈的生日？我们都抢着说：记得的。并许诺说，我们会买好多好吃的给她吃。母亲听了很开心，满脸璀璨。

一晃多年过去，曾经年轻的母亲，已是白发多于黑发，却没有一个孩子能记得住她的生日。我们像羽翼丰满的鸟儿，次第飞了，在别的枝头筑了窝。也只在每年年底的时候，才猛然发现，又错过母亲的生日了。

母亲却不介意，笑着说：哪天不是过日子呀。但我知道，母亲在生日那天一定是极失落的。棉花地里的棉花还在大朵大朵开啊，母亲的背却驼了，怀抱棉花的母亲，动作已不怎么利索了。她还会把棉花摊到院门前晒，然后给自己下碗面条吃。但桌子跟前，却少了几只抢食的"鸡"，母亲很孤单。

这样想着，很内疚，跟姐姐商量，要帮母亲好好过一回生日。姐姐就去问母亲，具体生日在哪天。母亲吃惊于我们突然问起这个来，一时竟很慌张，手足无措地笑，她说：过什么生日呀，我的生日早就过了。

再三追问，母亲这才有些委屈地说：生日那天，我打电话给你们的，你们都忙呢。原来，母亲过 63 岁生日。民间有说法，老人生日逢"三"是道坎，要做女儿的带回家吃顿饭，才能顺利跨过那道坎的。

母亲没文化，是极迷信的，自然相信这种说法。所以在过63 岁生日那天，她几经犹豫，还是鼓足勇气给姐姐和我分别打电话了。姐姐那天刚好有事出远门，母亲便把希望寄托在我身上。母亲问我忙不忙。我以为是寻常电话，就回她说：忙啊。事实上，我每天都在瞎忙乎，白天工作，晚间写作，昏天黑地的。母亲讷讷半天，把想说的话硬生生憋进肚里去，只一再叮嘱我，一定要早睡，一定要注意身体。

我搁了电话，生活如常。不知道那一日，棉花已大朵大朵开。不知道我的母亲，原是极想到我家来过生日的。

我和姐得知真相，真是惭愧得不行，齐齐说：妈，我们给你补过生日吧。母亲推托一番后，答应了，说：也好，就不去你们家麻烦你们了，你们买点东西回家就成。

我忙问母亲想要什么。母亲笑，有些不好意思了，说：就买盒生日蛋糕吧。我这才想起，母亲活了大半辈子，竟从未收到过生日蛋糕的。我的心，痉挛般的一紧，我对母亲说：妈，这次，我一定给你定做一只最大最好看的蛋糕，并且，在上面写上你的名字。母亲无比开心，她咧开嘴傻乐，孩子气地问：真的吗，我的名字也能写到蛋糕上去？

我说：是的，是的，那是属于你的蛋糕，只属于你一个人的。

母亲就笑，笑得异常满足。

我要母亲定个日子补过生日，我好请了假赶回去。母亲想都没想，脱口道：就放到正月初四吧，以后每年都放在这天过生日，热闹呢，一家人都在的。

再无言。正月初四，是我们每年回家拜年的日子。

那些旧物件里的念想

旧日回不去的光阴——无论欢喜，无论疼痛，都是好的，因为，那是你曾经努力活过的印迹。

父亲有本记账本，跟随了父亲大半辈子，被父亲悉心保存着。红色的硬皮面套着，纸张发黄，上面的笔迹，好些已模糊不清，小蝌蚪一般的，团在一起。——难怪，有它的时候，我们兄妹几个，都还未出世的。

账本里夹着一张小纸条，小纸条宽约两寸，长约二十厘米。上面写的话，早就印在我们脑子里了。那句话，像花朵微微吐蕊，是羞涩的一点点："煜，我喜欢你。"落款：毛小妹。铅笔字，字迹齐齐地朝着一边倾斜，草芽儿似的，似不堪承载夜露的沉。

煜是父亲的名。那个时候，父亲十八九岁。据讲，是面皮白净一后生，断文识字，且会吹拉弹唱。这样一青春少年郎，在一群大字不识一个的乡亲中间，很有点鹤立鸡群的意思了。虽说当时我父亲家里的成分不好，但乡亲们还是推举他做上会计，管几百户人家的账目往来。

年轻的父亲满怀激动，特地跑去几十里外的老街上，很奢侈地买回一本硬塑料本，专门用来记账。田间地头，父亲埋头写字的样子，一定像极一棵饱满的植物，蓬勃葱郁，吸人眼球。毛小妹就是在这个时候，暗暗喜欢上我父亲的吧？年轻的姑娘怀了极大的决心，写了纸条，落笔是轻浅的几个字，却又是情深意长的："我喜欢你。"她把它偷偷塞进父亲的记账本里，也把它塞进了父亲的心里面。

父亲最终并没有娶毛小妹，而娶了我母亲。其中变故，父亲缄默不提，我们便无从知晓。但晚年的父亲，有这么一件青春的物件在，是颇得安慰的。他偶尔翻翻，会微微笑起来，那里面，他的青春正葱茏。

母亲也有件旧物件，是一件嫁衣。据说是母亲出嫁时，父亲送她的唯一彩礼。淡绿的底子上，散落着一些小红点，不过是件纯棉的袄子，母亲却珍爱得非比寻常。印象里，那件嫁衣一直躺在一只深红的樟木箱子底，里面散发出浓烈的樟脑丸的味道，箱子上，挂一把铜锁。我和姐姐对那只箱子，曾生出过无限向往，觉得那里面装着的，都是神秘和美。

每年梅雨前，母亲会"咔嚓"一下，打开那把小铜锁，搬出嫁衣，在大太阳底下晒一晒。母亲的手，轻轻抚过嫁衣，一寸一寸的阳光，便在她手底下蹦跳着，花朵一样的。我们站在不远处看，看呆了，黑瘦的母亲，衬着阳光的花朵，看上去多么动人。

这件嫁衣，母亲一直没舍得穿，即使在最困难的年代。嫁衣便一直簇新簇新的，淡绿的底子上，缀着一些小红点。母亲还会在梅雨前，把它搬出来，搁在大太阳底下晒。她青筋盘结的手，抚过嫁衣，抚过那些小红点，沟壑纵横的脸上，现出极端温柔的神色。岁月的河流，在她手底下哗哗流过，那是一个女人一生中，最为完美的绽放。

突然想起曾看过的一部老电影，一个女人，历经磨难，经历战乱，饥荒，一场又一场的斗争，身边的亲人，一个一个离她而去，只剩她侥幸地活了下来。余生也短，她独守在一幢旧房子里，抱着一只木匣子，坐在窗前，慢慢翻。木匣子里，有她年轻时的照片、年少时用过的几方手帕，还有从前的恋人写给她的信。她的手指，一下一下划过那些旧物件，苍老的脸上，缓缓浮上了天真的笑。窗前花树的影子，飘落在窗台上，堆得满满的，都是时光曾走过的样子。再孤寂惆怅的日子，有了这份念想，到底能像余炭似的，把她的心，暖一暖，再暖一暖。

岁月渐深，我对一些旧物件，也特别地眷念起来。我翻找出当年中学时的日记本，在老家墙角积满灰尘的纸箱子里。那一刻，我的心竟狂跳不已，如同尘世里的再相逢。嗨，你还在这里吗？——哦，是的，我在，我在呢。

日记一共有五本，普通的记事本，有本封面上印着个撑伞的女孩，雨巷深深。有本封面上是一树的花开，树下跳着放风筝的孩子。有本是一扇窗，风吹着挂在窗下的风铃。——符合当年我的心境，纯净，柔软，敏感，爱做梦。我翻开一篇，上面写道：

　　　　今日晴，心情却不晴，数学考得很糟糕。

　　再翻一篇，上面咬牙切齿着：

　　　　某某，你等着，我不会让你小瞧我的！我一定会证明给你看的！

　　再一篇，上面只有一行字：

　　　　人生的意义，在于不断拼搏。

　　有时用圆珠笔写，有时用钢笔写，字不好看，笔画瘦长，远不似我今日的圆润。但我心里，却漫过一波一波的浪，感谢它们还在，让我不至于迷失了来时的路。

　　也问母亲找来我小时穿过的鞋。只巴掌大，鞋头上绣着黄瓜花，那是我外婆的手艺。我望着鞋，惊奇于自己曾经那么的小。外婆的身影，穿云破雾而来。矮小的女人，一生活得贫瘠悲苦，却少听到她抱怨什么，脸上总是笑微微的。她一个人住，在草屋前，搭了竹架子长黄瓜，花开时节，自然形成花廊。远观去，黄的花，大朵大朵，密密的，攀缘而上，攀缘而下，艳到极致，又淡到极致。外婆就坐在这样的花廊下做针线，安详得让人忘了时间流转。这世上，所谓的消失，原只是相对的。总有些旧物件，让走远的一切，重又一一走回。

有高中同学不远千里来，只为取回我手里的照片。她说她找不着她的曾经了，与过去有关的物件，全在辗转之中遗失。当她得知我还留有她当年的照片，竟为之兴奋得失眠。那是她贴在我的毕业留言簿上的，黑白的一寸照，上面一张稚嫩的娃娃脸，青涩着，素面朝天。多年之后的我们，站在车站的广场上对望，彼此早已不复当年的青嫩。"你看你看，这是那时的你啊。"我们这么望着留言簿上的照片笑，笑着笑着，就笑出了两眶泪。风轻轻拂过，身旁人潮汹涌。

总要等到一些年后，你才明白，一些旧物件里，藏着你的念想。旧日回不去的光阴——无论欢喜，无论疼痛，都是好的，因为，那是你曾经努力活过的印迹。

白山芋，红山芋

我的乡人们都会变着花样吃山芋，他们把贫困的日子，过得香甜而充满期待。

家乡产两种山芋，一种是白山芋，表皮紫红，肉乳白，粉多，蒸熟了吃，会层层掉粉。乡人们叫它"栗子山芋"。一种是黄山芋，皮和肉，都是黄灿灿的。汁水多，甜，这种山芋生吃最好，我们小时当它是水果。因个大，像娃娃头，乡人们叫它"黄大头"。

乡间多的是一片又一片的山芋地。口粮紧张的年代，它是活命的寄托，叶炒了吃煮了吃，山芋蒸了吃打成糊糊吃。集体的大田，山芋收尽后，各家的小孩，纷纷提了篮子，扑到田里，如一群抢食的雀。用小锹挖，用手刨，眼睛盯着泥地里，希望逢着一只两只漏网的山芋，——这种捡山芋的活，我做过。大半天下来，若能捡个小半篮子山芋，会兴奋得小脸儿发红。

我跟儿子忆苦思甜，儿子不明所以，问我：你干吗要那么辛苦地去捡掉下的呢，街上不是有卖烤山芋的吗？笑，我的年代，儿子哪里能懂。但同时又庆幸，儿子不用再受饥寒的苦。虽说贫困能锻炼人，但饥寒到底是一件屈辱的事。

我的母亲会变着花样吃山芋。事实上，我的乡人们都会变着花样吃山芋，他们把贫困的日子，过得香甜而充满期待。他们除了蒸着吃煮着吃打成糊糊吃，还做了山芋饼，做了山芋糖。也有把它切成薄片，做成山芋干的。秋深时，叶黄了枯了，阳光却灿烂得如钻石，切好的"黄大头"，摊在篾席上，摊在阳光下，晒。无遮无挡的阳光，无遮无挡的风，山芋片泡在阳光里，泡在风里面。不久，山芋干"酿"成，小孩子拿它当零食，口袋里揣着，不时拿一片出来咬咬，阳光的味道，风的味道，便满嘴里乱窜。是香的，是甜的，是快乐的。现在超市里也有地瓜干卖，包装精美，像灰姑娘穿上七彩衣。我买过，却吃不到小时的阳光和风的味道了。

打山芋粉，是腊月里家家必做的事。用作打粉的山芋，一定要挑栗子山芋，粉多。洗净，和着水打碎，用纱布三滤两滤，就会积下厚厚的粉，白米面似的。晒干这些粉，吃时，只需取一点点，放在瓷钵子里，加水兑好了。锅里的水，早烧得沸沸的，把瓷钵子放到沸水里，快速转圈儿，好了，一张粉皮摊成了。那样的粉皮，薄而透明，滑滑的，能照得见太阳的影子。切成小片烧汤，或用大蒜韭菜炒着吃，都相当好吃。

现在城里饭店里有道菜，叫"拔丝地瓜"。我母亲有次进城来，吃到，愣是没猜出那是山芋。这很像贾府里吃的那道茄鲞，弄十来只鸡配它，哪里还有茄子的味道。难怪庄户人刘姥姥不识它。

最地道的山芋味道，还是烤着吃。看钱钟书的《围城》，对李梅亭在大街上面壁偷吃烤山芋那一章节，印象特别深。烫手的山芋不能一口囫囵吞下，他急，怕被人发现，躲墙角吃去。那样子又滑稽又好笑，还有点，可爱。再可恶的人，原也有可爱的一面的。

入秋，街上烤山芋的摊子多，香味盖过桂花香。寒冷的街头，一只烤山芋在手，心也跟着热乎起来。这时，你可以想想几个温暖的人，想想久别的故乡。

不要对那个人叫嚷

他们或许贫穷，或许丑陋，或许木讷，或许笨拙，可是，他们的爱，一样醇厚，一样珍贵，因为，那是血浓于水。

周末，是乡下家长来学校看孩子日，每逢这时，学校门口拥满人。那些家长们，无一不是手提肩背的，里面塞满父母对儿女的牵挂和怜爱。

有一幕，总遇见：驼背的母亲，无比艰难地在人群中挪着步。那背，可真叫驼，已弯曲成一把弓。她的头，努力朝上昂着，伸向前去，一步一匍匐。那走路的姿势便很奇怪，像只鸭子似的。即便这样的母亲，亦是要在背上，背上一个大包裹。里面塞着她儿子爱吃的小菜，和换洗的衣裳。

做儿子的，与母亲恰恰相反，生得高大挺拔玉树临风。他在人群里，早已看到母亲了，并不叫唤，而是一阵风似的冲出校门，路过母亲身边时，用胳膊肘捅捅母亲，算作招呼。表面

168

上却装作不认识，脚步匆匆，继续前行。

母亲见到儿子，焦急的神情，立即换上欢喜，笑容绽放，脸上的每一条纹路里，都仿佛游弋着一条欢乐的鱼。她一迭声唤着儿子的小名，踩着碎步，艰难地跟在儿子后面跑。

她的叫声，以及她奇怪的走姿，引来一些人张望。儿子急，在人少的地方停下来，回头，眉头紧蹙，对母亲跺脚。等母亲气喘吁吁赶到他跟前，他俯视着母亲，低声呵斥："你叫什么叫，生怕别人听不见哪？！你不嫌丢人呀！"伸手一把拽过母亲背上的包裹，恨恨道："跟你说过多少回了，不要来，不要来，你为什么还要来？"

母亲不恼，仰着头看着儿子，小白杨一样的儿子，多么让她骄傲。她轻言慢语说："我不来，谁给你送吃的穿的啊？"

"我会自己请假回去拿的。"儿子的眼睛，不看母亲，他扫视周围的人，那眼神，明显有些躲闪。

母亲还是宽容地笑："你这来来回回的，多浪费时间哪，我给你送来，省得你来回跑。"

儿子一听，恼了，跺脚叫："谁要你送！"话说完，提了东西要走。母亲赶紧拉住儿子，细细叮嘱，包里面煮的鸡蛋要趁早吃掉，不然会坏掉的；鱼吃好了不要把装它的瓶子扔掉，下次好再装了带来；被子要时常捧出来晒……

儿子哪里耐烦听？他打断她的话："好了好了，你少啰唆，下次你不要再来了！"他挣脱母亲的手，甩开大步，往学校跑去，一路之上，头也没回。做母亲的站定在原地，目送着儿子，直到儿子的背影消失。她又站了很久，这才恋恋不舍地转身，一步一匍伏地走了。

在校园里，我亦曾碰见过一个女学生，对着前来看她的父亲发火。是嫌父亲给她买的外套不好，女学生冲着父亲叫嚷："谁让你买的？乱做主！这颜色难看死了，我不穿！"做父亲的捧着那件外套，讪讪笑着，束手无策地站在一边。

女学生我教过，平日里，是个温文尔雅的孩子，却在父亲面前，全然失了礼貌。当她看见我，很尴尬，低声叫了声："老师好。"我摸摸那件衣，我说："挺好看的呀。"做父亲的如同得了"天书"："你看，你们老师都说好看的。"女学生瞅了父亲一眼，红着脸，不情不愿地接下了父亲买的衣。

我很想告诉这些孩子，请不要对那个人大声叫嚷。他们或许贫穷，或许丑陋，或许木讷，或许笨拙，可是，他们的爱，一样醇厚，一样珍贵，因为，那是血浓于水。你的叫嚷，是对他们最大的伤害和对他们爱的践踏。

岁月平凡，日子发亮

——写在结婚纪念日

岁月虽然平凡，但我们可以选择让日子发亮。

N多年前，我在一偏僻乡村中学教书，吃住都在一间简陋的宿舍里。宿舍是刚建的，尚未安装玻璃窗，风进得来，雨也进得来。我最喜欢的是月光进来。有星星溜进来，我当然更高兴。

那个时候，我脚底像装着弹簧，走路是一蹦三跳的。我顶着张娃娃脸，剪学生头，站在一群学生里，绝对分辨不出我是老师。

一日黄昏，我回宿舍，见宿舍门框边，斜倚着一个人，上身穿件黑色夹克，样子黑黑的，瘦瘦的。他手插在夹克口袋里，有点落拓不羁，他冲着我笑。我看了又看，不认识，随口问：你是哪个学生的家长？

这个人，却只是冲我笑，冲我笑，并不回答我。

我以为遇到怪人，却不害怕，我说没事的话，请你走开哦，这里是私人宿舍。不再理他，自顾自开门，进屋。他居然跟我进屋，在后面说：你是不是某某某啊？我就是特地来找你玩的。

那之后，这个人不经我允许，三天两头跑过来。他给我安装好玻璃窗。他写好多好多的信给我。他买了白朗宁夫人的诗集送我。他煮了小鱼，用陶罐装好送我。他偷掐人家的桃花，举着它，走过两三里的路，送我。他掷地有声说：谁敢欺负你，我跟他没完！

好吧，这个人，在半年后，成了我的那个人。当时，单身的他，利用职务之便（他是警察），翻派出所的户籍簿，把我给翻出来了。那时，我刚落户到那个乡镇，婚姻栏内，填着"未婚"。旁边贴一张小照：碎花的衣，短发，娃娃脸，脸的一侧，有个浅浅的小酒窝。

这天，我穿着厚厚的羽绒服，那人也穿着厚厚的羽绒服，我们像两只胖胖的小熊，一起布置冬藏的小窝。这天，小镇的天空，飘着小小的雨，并不寒冷。街上的年味好重，春联年画的摊子，排了有二三里长。我们手牵手地走，时而相视地笑上一笑。看着街上的每一个人，都觉得亲切。看着街上的每一样东西，都觉得新奇。我们挑了大红的"福"字，还挑了几幅山水画，小窝的白墙上，立即明艳了许多。

那是他单位的宿舍。平房。矮矮的。本来只有一间，后来费经周折，打通隔壁的一间，合二为一，我们有了个像样的卧室。

屋后长一些杉树，遮挡得房间的光线很暗。没关系，年轻的眼里，根本没有黑暗。我开始学着做饭。烧的是那种老灶，没有柴火，就到乡下去拉了一拖拉机的棉秆和麦秸，在屋后码成草堆。我在那老灶上学会了煮鱼、烧肉，及各种小炒。我站在门口水池旁洗衣，然后，晾满一绳。每当看到阳光抚在我洗好的飘着肥皂香的衣上，我都感到幸福。

那时，真是简陋啊，没有卫生间，没有淋浴，洗澡得用澡桶。夜里，老鼠会在我们头顶上开音乐会，热闹得不得了。即便白天，也时常听到老鼠们训练跑步的声音，咚咚咚，咚咚咚，如闷雷滚过。

那时，夏夜纳凉，是在院子里。我们一起数星星。一二三四五，一二三四五。他教过我认北斗星。至今，我还是不认识。我觉得每颗星星长相都差不多。但那段时光，我们都觉得美好。

我们一起回顾那些年的事，在早餐桌上。

好快，一下子就走了这么多年。那么多的路，那么多的山，那么多的树和花，那么多的街道和人，我们都经过了。多好啊。

我们还会继续走下去，无论贫穷，无论富裕。

他说，要送花给我。想想，太俗了。家里花草都快挤破屋子了。他又想带我出去，玩上一天，然后吃饭买衣服。想想，又俗了。这年脚下，街上全是人，我们何必再去添拥堵。最好的去处，就是家里。爱的形式是什么，并不重要，重要的是，在一起。

我们也便守在家里，我在我的书房看书，他在他的房间练书法。后来，我突然听到手机"叮"的一声，打开，是他发来的书法小品：

不忘初心

永沐爱河

我快快乐乐收下了这份礼物，有满满的幸福感。

岁月虽然平凡，但我们可以选择让日子发亮。

第五辑
锦鲤时光

我一生中最美的时光，当属
于那一段锦鲤时光吧，虽然
贫穷，虽然卑微，却单纯，
色彩明艳，无限阔大。

那年，那次远行

它就那样载着一个小女孩，走呀走呀，走向无穷里去。

冬夜，正睡得朦胧，被人轻轻推醒。国英姨娘的脸，在我的眼前晃，她说：乖乖，要起来了，要去接新娘子了。

我一下子清醒过来，我是被当作小伴娘，接到她家住的。

能被选作小伴娘，是很荣耀的一件事。全村有那么多女孩子，不是长相不讨喜，就是属相不好，犯冲。我有着一副圆脸蛋，望之团圆可爱。且属相又合适，国英姨娘权衡再三，最终选定了我。

做伴娘的好处多多，能一连好几天，吃上好吃的，这是其一。能讨得许多喜糖，装满两只小衣兜，好些天里，嘴里都是甜的，这是其二。又突然从不起眼的小角色，变成了众星捧月的那一个，每个人见着我都会笑，说上一句：啊，梅你要去带新娘子啊。言语里，颇多羡慕。我觉得自己很重要很重要了。我还有个更大的私密的快乐，那就是，我可以，出远门了！——我将被一辆自行车载着，到一个陌生的别样的地方去。对于生活在偏僻乡下的 10 岁女孩子来说，他方，是极具诱惑力的。尽管，那是夜里面去。

那些年，按吾乡风俗，接新娘子，都是在夜里进行的。冬天的夜，真是深，像屋后的大河一样深。天上的星星，却亮得很，像灶膛里的火星子。接新娘子的自行车，被新郎官推出来了，上面缠着红绸布。载我的自行车上，也缠着红绸布，是新郎官的一个表兄骑的。国英姨娘给我口袋里塞几块糖，叮嘱我：乖，你要坐稳了啊。我点点头，跳上车后座，觉得自己像跨上了骏马，真神气。可惜，是夜里，少有人看见。

新娘子家在另一个镇，有三十多里地的路。我只记得拐过了很多弯，路过了很多桥。四周的田野，人家的房子，像一座座山峦，酣睡着，充满神秘。天冷，泥路又多颠簸，很快我的腿脚就麻木了，身子也麻木了。可心窝里，却像揣着一团火，说不清的，就那么热烈地燃着。夜很静，静得天上星星呵气的声音，似乎都听得到。新郎官和他表哥都不说话，他们只顾埋头踩着车。我也不说话，只听得见自行车的车轮子，在坑坑洼洼的泥地里，发出嚓嚓嚓的声响，一声连着一声。那么旷远，像一支永远也弹不完的歌，它就那样载着一个小女孩，走呀走呀，走向无穷里去。

半路上，我摔过一个跟头，从自行车的后座上被颠下来。

那一跤，跌得不算重，但因我的腿脚麻木了，愣是坐在地上半天起不来。新郎官和他的表兄吓坏了，他们搓着双手，围着我说：妹妹，这怎么才好？我暗暗给自己鼓劲，终于，一瘸一拐上了车。他们都长舒一口气，剥一块糖塞我嘴里，叮嘱我：妹妹啊，你千万别对人说你摔过跟头的呀。

一晃好多年了，我回老家，遇到当年的新娘子，她都做奶奶了。她搀着她的小孙孙，在路边的一棵女贞树下玩耍。我说：你可记得当年，是我坐着自行车去接你的呢。她眨巴着一双皱纹密布的小眼睛，愣愣看着我，旋即笑了：可不是。想当年……

想当年什么呢？门前的路，早已换成水泥路，平坦宽广，公交车几乎驶到家门口。看着车来车往，我们微笑着，都没有再说话。

童　年

我们在"冲锋陷阵"中，挥霍着那个叫"童年"的东西。

小时，家穷，住茅草屋，喝菜煮的稀饭，能照得见人影的那种。喝时，看见自己扎着红头绳的羊角辫，在碗里晃。用筷子搅搅，羊角辫不见了，碗里呈缤纷色彩。很满意这种玩法，总是一而再再而三地进行着，一颗小小的心，掉在碗里。不觉日月之苦，只觉鱼翔水底，鸟飞低空，处处都自有乐趣。

小伙伴总是很多，比现在的孩子多得多，往往是饭碗还没搁下，门口已站着几个等着的了。一律的拖着鼻涕，脏污着衣袖，晒得黑黑的脸庞，看上去，都像亲兄妹。一个个的眼睛，却贼亮贼亮的，装得下所有皓日长空，清风明月。也总是一呼百应，一领一大群，呼啸着穿村过巷，越沟跃渠，像一群撒欢的小马驹。

玩具？广阔天地里多的是，取之不尽，随取随玩。不消说那些植物，苇、茅、狗尾巴草、卷耳、车前子、野豌豆，哪一片叶子哪一粒果子不能成为我们的玩具？我们用苇叶做笛子，吹得呜啦呜啦的。我们用茅草搓跳绳，比赛着跳。车前子的叶子，被我们做成帆船，让它们扬帆而去。野豌豆的豆荚，我们摘来当蚂蚁的温床，捉来蚂蚁睡在里面。我们用狗尾巴草编草蚂蚱，捉来真的蚂蚱，让它们"狭路相逢"。蜗螺壳、玻璃瓶底、火柴盒、香烟盒，哪一样不被我们玩出花样来？几个孩子撅着屁股拍火花，弹蜗螺壳，能把天给玩黑了。

最爱玩的，还是泥土。它能在我们手里，变出各种事物来，只要我们能想象得出。车马牛羊，我们想要什么，就能变出什么。我们还能变出房子、瓜果时蔬，及各种好吃的菜肴点心来。玩打仗时，它是"手榴弹"，它是"冲锋枪"，它是"地雷"，我们在"冲锋陷阵"中，挥霍着那个叫"童年"的东西。

天也就又黑了。

村庄上空交织着各家大人们拉长的嗓音：三——子——快家来！二——小——你死哪去了？快回家吃饭！我妈的训斥声，往往也在这时响起来，又尖又脆："你看看你们，浑身弄得像个泥狗！明天再这么晚回家，打断你们的腿！"可是，真的到明天了，我和我姐准把她的威胁又给忘了，又是昏天黑地玩，玩得泥狗似的回家。

那时，冬天总是很漫长，冰凌在草屋檐下，兀自长长地挂着，远望去，像一挂挂水晶帘子。我们的茅草屋，有这样的水晶帘子垂着，真好看，跟水晶宫殿一般。我们快乐得很，跳着蹦着，伸出冻得红萝卜似的小手，够一根冰凌在手，当棒冰吃。

更多的冬天，总飘着雪花。梨花瓣般的雪花，整日整夜地下，没完没了。天空和大地，一片白茫茫。村庄闲适下来，猫狗都很少外出了，家家的小屋里，挤着一团的暖。我妈拿了鞋底，开始纳。知道那是给我们做过年穿的新鞋呢，我不时跑过去看，想象着新鞋穿在脚上，是何等新亮阔气，心里止不住乐。

奶奶搬出她的陪嫁物——一只小铜炉。小铜炉的炉身上，錾着缠枝莲（可惜了的，那该是件老古董，现而今，不知流失到何方去了），澄黄澄黄的。我爱用手抠那朵莲，奶奶也不会骂。奶奶到灶膛里铲些带火星的柴火灰，放到炉子里，再盖上盖子，我们就围了小铜炉团团坐，轮番着把脚搁到铜炉盖上取暖。柴火灰热热的气流，穿透铜炉盖，穿透我们的布鞋底，直抵我们的脚掌心，痒唆唆的暖，瞬即流遍全身。

小茅屋外，雪花在飞啊飞，拉棉扯絮般的，天地间只有一个色彩，恍不知何年何月，无有止境。我们唱开了歌谣：

雪花飘飘，馒头烧烧。吃吃困困，两头香喷喷。

唱了一遍又一遍，我们向往着歌谣里的白面馒头，向往着那热腾腾的香。姐姐说，长大了，她要蒸一箱子的馒头，她要早上吃，晚上也吃，夜里醒了还吃。我们听了，都一齐叫起来：这么多啊，顿顿吃呀。仿佛很快就能拥有那一箱子馒头了，真开心啊。

奶奶看着我们的馋样子，不忍。她转身去抓一把蚕豆和一把玉米粒来，在我们"噢噢"的欢呼声中，把它们埋进炉灰里。不多久，就听得"嘭嘭"之声炸响，蚕豆开了"花"了。玉米粒开了"花"了。我们的幸福，随之被炸开，满屋子乱窜。等响声停止，我们拨开炉灰，一粒一粒寻着吃。日子里，满是香。

奶奶的故事，这时候上场，讲的是老掉牙的。从前啊，奶奶总是如此开头。她一说从前啊，我们就知道，是讲恶媳妇变成癞蛤蟆的故事，或是讲田螺变成漂亮姑娘的故事。我们不喜欢癞蛤蟆，就一齐叫起来：要听田螺姑娘的。

从此呀，田螺姑娘和小伙子一起过上了幸福的生活，奶奶这么结尾。这个结尾真叫我们欢喜，我们满意得不行，齐齐问奶奶：他们会生好多好多孩子吗？奶奶说：当然，他们会生好多好多孩子的。

人还是要做好人啊，好人是有好报的，那田螺姑娘，是来报小伙子的恩的呢，奶奶说。她望着窗外的飞雪，双眼迷离。

而我，则长长久久地陷入冥想中，那田螺姑娘的孩子，会变成小田螺吗？

老 街

　　每个人的记忆里，都有这样一个老街吧，那里，熙来攘往，红尘滚滚，藏着我们最初的纯真和向往。

　　看到一帧老照片：黛瓦的屋顶上，日光倾斜。纹路纵横的木板门，半开半掩。纸糊的木格窗，在天光里静穆。悠长的青石板路，如一条小溪流似的，延伸至远方。

　　这似曾相识的画面，让我的记忆，一下子跌进老街中。

　　老街离家二三十里地，小时候的感觉里，那是天地漫远路途遥迢的。我们兄妹几个，难得去上一趟，也只在过年时，大人们兴致来了，相约着去老街上看热闹，——去看踩高跷呀。去看挑花担呀。去看打腰鼓呀。去看舞龙灯呀。一呼百应。连平日极其严肃的邻居家高老头，这时，也会背了双手，在路上滋味无限地走，脸上现出枣核般的笑意，看见我，会问：二丫头，你去不去老街看热闹？

当然去。心早就在雀跃，只等母亲一声令下：去吧。我们兄妹几个得令，拔脚就跑。路总是比我们的身影长，仿佛没有尽头，人人却都是兴高采烈的，脚上走得生了水泡，也没人叫一声疼。

终于，老街近了。有好一刻，我们噤了声，站定，傻了般地呆呆看。老街看上去，多像刚出锅的蒸笼啊，热气扑腾得厉害。彼时，日头已移到午后去，阳光细软，银粉似的，均匀地洒在那些古朴朴的房屋上、街道上，一切看上去，喜悦美好。我们好像坠入了万花筒，随意一扭转，就是一片斑斓。

热闹是要追着去看的，看挑花担的，看舞龙灯的，看演皮影戏的。人群里挤着钻着，笑着闹着。街道两旁的小店里，各色糖果糕点喷着香。小人书的摊子前，围满了孩子，一分钱可借一本看。唉，那么多的好东西，哪里看得了哇。心里一边幸福着，一边叹息着。做糖人的，草把上插满亮晶晶的糖人，太阳的影子，披着琥珀衣，在里面晃，各路"英豪"来相会。真想全部拥有，口袋里的钱却决定了只能挑一样，反复比较，反复割舍，最后，挑上女将"穆桂英"，她在一根竹签上，英姿飒爽。

也一条巷道一条巷道地走，好奇地四处张望。白墙黛瓦，木板门对着木板门，里面笑语喧喧。剃头匠站在门口，和一个路过的老人打招呼。老虎灶前，三三两两的老街人，提着暖水瓶，一边闲话，一边等水开。还有一家照相馆，大大的玻璃橱窗里，摆着大幅的女孩照，黑发，明眸，深酒窝。经过的人，总要盯着看半天。大过年的，来照相的人很多，都是乡下赶来老街看热闹的。镜头前，那些黝黑的脸庞，笑得拘谨而小心。照相的中年男人，面皮白，手指修长，他在黑色的机子后，对着那些黝黑的脸说：笑一个，笑一个。那些黝黑的脸越发紧张了，笑得又僵硬又欢喜，真是不知怎么办才好。我们一样一样看过去，时光在此打住，仿佛从很久的从前，这画面就是这样的，鲜活着，没有褪色一点点。

从老街返回，我们往往要走到夜黑。平时走夜路是顶怕的，那会儿，却一点不觉害怕。路上络绎不绝着返家的人，笑语声前后相接，波浪连着波浪似的，汇成一条快乐的河。回到家，我们多半睡不着，热议着在老街上看到的种种。带回的糖人，多少天都舍不得吃掉，不时举手上，对着太阳照，太阳穿着琥珀的衣，在里头晃。我们便又有了下次向往，什么时候再去老街。这样的向往，让童年清瘦的日子，充满幸福的期待。

我考上老街上的中学去念书，是很令我兴奋了一段日子的。没课的时候，我爱一个人在那些曲里拐弯的巷道里转悠。老街烟火日日家家门口，似都蹲着个择菜的妇人，长相也大抵差不多，都是丰满敦厚的。一旁的炭炉上，煨着浓汤。脚下青石板的缝隙里，冒出点点青绿。也有花开其间，黄的，小得可怜，却拼命撑着一张笑脸。也有花探过身子，伸到巷道上空来，是开得好好的蔷薇，或是，九重葛。青春年少，有着种种的自卑。我看着，发上一阵子呆，也不知想些什么，只是那么惊异

186

着，又暗暗忧伤着。

教我的语文老师，家住老街上。那个时候，他已年过六旬，却气质非凡，才识渊博。我是仰慕他的吧，下了晚课，一街寂静。我轻轻走过一口老井，走过一棵上百岁的银杏树，走过糕饼店，走过老虎灶，走到他家门口，伏在他家的木格子窗前，偷看他的书房。看他戴着老花眼镜，在灯下临摹字帖。或是，轻声朗读着什么。一豆灯光，古朴的，芬芳的。我多想成为他，可以住在这样的老街上，可以住在这样的老房子里。

也对老街上一个男生，心生过好感。他家做豆腐花卖。他母亲在雪白的豆腐花上，撒上葱花点点。五分钱一碗，——我也是买不起的。他偶尔会帮衬母亲做事，总是笑着，又干净又美好。我跟他从未说过话，也仅仅是，隔着一段距离，望着他的背影，渐行渐远，在巷道的拐角处，消失。

后来，我考上大学。再后来，我工作，成家，再也没去过老街了。

今年春天，几个文友约了去老街采风。我有些吃惊，多年不见，老街早已面目全非。陪同我们的老街人，一边走一边介绍，咦，这里，曾是一家糕饼店。咦，那里，有烧水的老虎灶。咦，这里，曾有一口井。咦，那里，曾长着一棵银杏树，好几百年了。

我掉过头去，不让泪落。这里，那里，我知道，都知道的。那个自卑的乡下女孩，她独自走过那些街道，在心里发着誓说，总有一天，她要生活在这里，在开满蔷薇花的院墙内。薄暮的黄昏，她要穿着高跟鞋，笃笃笃地走过青石板的巷道，去买上一碗豆腐花吃。

每个人的记忆里，都有这样一个老街吧，那里，熙来攘往，红尘滚滚，藏着我们最初的纯真和向往。江湖还年轻，而原有的那一拨人，那一拨事，早已老去。

老手艺

那些已融入生命里的每一粒光阴，无论疼痛，无论欢乐，都是真实的经过。

集市上，遇到一个老人在编竹篮子。

他的脚跟边已摆满许多编好的篮子了，大大小小，憨态可掬，散发出竹子特有的清香。

人们走过他的小摊前，看看，走开。或者不看，就一径走了。他不在意，他只埋头编着他的。

总有人来买的，——他有这个信心。

比如我。

我蹲到他的摊子前，兴味十足的，一只篮子一只篮子看过去。

我喜欢这些手工制作的物什，看到，总会买上一两件。也不知拿它们做什么用，就是想带它们回家。

它们身上有我熟悉的味道，那是属于从前的。当时并不觉得有多美好，然在回忆的时候，却一再让我沉迷。人们的经历大抵如此，当时只道寻常，追忆时却倍觉留恋，那些已融入生命里的每一粒光阴，无论疼痛，无论欢乐，都是真实的经过。

那时，冬闲了，像眼前这个老人一般的老手艺人，就开始穿村走户了。这些老手艺人或弹棉花，或编织篮子，或补锅补碗，或磨菜刀剪刀。他们一来，一个村庄就热闹得很了，人们三五成群聚拢了去，打听外面的一些奇闻趣事。封闭的村庄，就这么被捅开了一道道口子，外面的光亮涌进来，人人脸上都被照得红润亮堂。

那时，我们所用的日常之物，皆留有这些老手艺人的体温。我们睡觉铺的草席子或苇席子，是他们织的；我们盖的棉被，是他们絮的；我们的竹桌竹椅竹凳子，是他们制作的；我们割草用的篮子，装物用的篓子，装粮食用的筐子匾子，是他们编的。

我们舀水用的水瓢，取自于一种叫"乌子"的植物。它开着和丝瓜花一样的黄花朵，结出像葫芦一般的乌子来。等它成熟了，摘下它，一劈两半，掏干里面的囊，就是很好用的瓢了。我们孩子拿它装零食。摘下老了的丝瓜，敲敲打打，就成了极好用的"抹布"了，我们叫它"丝瓜筋"，洗碗洗锅抹桌子都用它。我们夏天扇风有蒲扇，冬天取暖有茅窝（一种用茅花编织的鞋），人人都是天生的手艺人，人人都能就地取材，为我所用。

我还会搓草绳。草绳的用途在乡村大得很，捆麦穗捆稻穗

190

捆玉米秸秆全是它，还用它加固房子。我好像也没跟谁特意学过，耳濡目染就会了。也从来没有人惊奇于你会这个，生在乡下，连这个都不会那才叫奇怪呢。我还会用麦秸编草帽，村子里的女孩子都会。

我大弟会用竹篾子编畚箕，编得有模有样的，让全家人惊奇不已。天知道他怎么学会的，或许是家里请了篾匠来编篮子畚箕什么的，他在边上看见了。他那时才七八岁，就显露出不一般的聪慧来，什么东西一看就会。只是念书时不好好念，后来，他靠他的手艺吃饭，做电工，做水工，自己设计房子，自己装修，什么都玩得，倒也把小日子过得红红火火。

麦子收割后，麦粒进仓。稻子收割后，稻谷进仓。装它们的，是笆斗。草编的，或麦秸编的。自然与自然重逢了，那么安稳，那么妥帖，我们望着心里高兴。茅屋檐下，我们躺在稻草铺得高高的床上，枕着手工编织的蒲枕，听着窗外树叶哗哗作响，不知不觉睡过去了，一觉睡到大天亮。

乡村戏台

　　只觉得那灯光之处，有着永生永世。

　　那是一年一度的乡里人的集会，是农忙过后的片刻放松和欢愉，搭了戏台，请了人来唱戏。

　　戏台子一般搭在集体的晒场上。这个时候，村民们空前的齐心合力一团和睦起来，有人挑来泥土，垒上个土墩子。有人扛来一大捆竹子，四周围搭上。有人送来一大捆草绳，在竹子上缠缠绕绕。集体再去扯块大油布，做了顶，一只汽油灯悬着，简易的戏台子，也就搭成了。

　　离开戏还有好几天呢，村民们都已进入看戏状态。有事没事，爱遛着弯往戏台子那儿去。每每饭时，不耐烦坐桌边吃了，必端了碗，走一些路，扎堆儿的，蹲在戏台子底下吃。他们一边稀里哗啦喝着稀饭，一边闲拉着家长里短，眼睛却一直瞟着戏台子，仿佛戏已开场。

我们小孩子本就人来疯，像不安分的小鱼，没事也能搅出浪花来，何况大人们搞出这么大动静来？我们成日价没个魂灵守在家里了，都在戏台子那儿扎着根呢，我们当戏台子是炮台，从它上面俯冲而下，一次又一次，乐此不疲。我们有自己的戏要演。

我妈那些日子像变了个人，脸上的凌厉和锋利不见了，有了笑容，有了温柔，更难得的是，有了耐心。对我们小孩子的小错小误，她不再动辄责骂了。我们探得她这一点两点温柔，就大胆地得寸进尺起来，卖货郎担的来，我们伸手问她讨要破布头换糖吃，她略略一踌躇，竟也许了。——我妈，是极爱听戏的，大字不识一个的她，甚至能哼几句戏文。

戏开场了。我妈必是坐在最前排，那位置她早早占好了。我妈坐得端正极了，双手交叠着，搁在拢靠一起的膝上，脸上挂着陶醉的笑，淡而绵长的。高悬的汽油灯，把戏台子照得亮铮铮的。唱戏的人，在一圈光亮中坐定，一男一女，也不化妆，只穿着家常衣裳。女的先拉开喉咙，唱一段自编的乡间小曲，插科打诨类的，用的是地方俚语，那声音清滴滴的，有点类似于夏夜屋檐下滴落的雨声。村民们低声交语：喏，这女的喉咙真不错。听到有趣处，台下一齐哄笑起来，一片嚷嚷声。

正文开始，台下鸦雀无声。唱的戏文是秦香莲和陈世美的故事。听到悲处，有叹息声起起落落。不时地，有村民跑到戏台边去，递上一两只生鸡蛋给唱戏的，他们暂停下来，动作娴熟地磕破蛋壳，把蛋清吸下喉去。有人轻声在底下说：生鸡蛋润嗓子，他们要唱一夜的戏呢。

我们小孩子起初也是很安静地听的，只觉得那灯光之处，有着永生永世。然听着听着，到底不耐烦了，在人群外追逐打闹。后来，疲惫了，随便就着一草垛子，睡着了。

一觉睡醒，人已在床上。自己是很不明白，明明在听戏的，怎么会躺到自家床上了？这时，听得门响，我妈回来了，身上带着露珠的清凉气。我爸从床上欠起身，略带责备说：你看看，天都快亮了。我妈便很有些歉意，声音低低的，轻轻的，带着我从未见过的俏皮，说：戏才刚刚唱完嘛。我爸就问：你都听了些什么了？我妈笑得如水波轻晃，私语般地说：也不晓得唱些什么呢，就是好听。

然后听到她洗漱的声音，听到她满足地叹口气，躺进被窝的声音，我们都正迷糊着又要睡过去，却听得我妈兴奋的声音，如哼戏文似的传过来，我妈说：隔壁通榆村，今晚也要唱戏的。

写春联

在当时不识字或识不了几个字的村人们眼里，他写的字，就是天下最好看的字。

我爸一到腊月脚下，就会变得格外吃香。村人们看见他，都一副巴结的模样。有烟的，忙着掏烟。没烟的，则一脸堆笑地拉他到屋里喝口浓茶。

我爸很受用。他一直是个好面子的人，受人尊重，那是无上荣光的事。他不客气地，这家的烟也抽了，那家的茶也喝了，然后，背着双手，轻声哼着《拔根芦柴花》的小调，踱着方步回家来。我们就知道，该忙乎开了。

忙什么呢？忙着收拾他的作场啊。堂屋里杂七杂八的东西，统统被我们塞到别处去了。地清扫干净了，一粒多余的尘也没有。桌子抹干净了，在堂屋中央摆开来。剪刀、小刀备齐。一年里也用不了几次的毛笔，被请了出来，清水泡着。搁在柜脚底下的墨汁瓶，被小心翼翼捧出来，上面落满蜘蛛灰。我们用抹布擦拭干净，拿瓶盖子或是破碗，倒了墨汁出来。

一切准备就绪。我爸方满意地走过来，在桌边站定，他深吸一口气，运笔在手，拿废弃的牛皮纸，先试着写几个字。写完，他对着那几个字，左端详，右端详，微笑。我们在一边看着，觉得我爸很了不得，能文能写。现在想着，有些失笑，我爸也仅仅读了个初中，他也未曾练过书法，写的字也谈不上什么笔锋。可是，在当时不识字或识不了几个字的村人们眼里，他写的字，就是天下最好看的字。

村人们络绎不绝上门来，腋下都夹着一张红纸。他们或站着，或蹲着，说着些家长里短，把我家的小屋挤得满满当当热气腾腾。我们兄妹几个，按我爸的吩咐，伏在地上帮着裁纸。大门上的，二门上的，房门上的，院门上的，厨房门上的，粮囤子上的。余下的边角料儿，也不废掉，我爸会大笔一挥，在上面写个"六畜兴旺"，给贴到羊圈猪圈鸡窝上去。

那时不甚明了，怎么是六畜呢？村子里日常所见的，明明只有鸡鸭猪羊，有牛的人家也甚少，这加起来也才五畜。也是到后来，我念书了，懂得查阅资料了，方才把心中的疑团给解了。六畜，原是指马、牛、羊、鸡、狗、猪。它们是被我们远古祖先最先驯化的牲畜，渐渐演变成了家畜。《三字经·训诂》中，对"六畜"有着精辟的评述：牛能耕田。马能负重致远。羊能供备祭器。鸡能司晨报晓。犬能守夜防患。猪能宴飨速宾。

　　我的村人们当然不懂这个。他们也不管这个，只道那是牲畜兴旺，吉利吉祥。他们拿着那张"六畜兴旺"，高兴得不得了，眼睛眯着，笑嘻嘻地盯着看，似乎上面正跑着大肥猪和大肥羊。

　　一个村子的对联，很让我爸费脑子，他不想太重复，每家每户写的都不一样。他有时会停下手中笔，若有所思地问蹲着的一个人：你家大门上你想写什么呢？那人嘿嘿笑两声，回他：我哪晓得写什么啊，你写什么都好。我爸就写：金鸡报晓，红梅报春。又或是，春满人间福满园之类的。

　　有一年，我爸给我家大门上写的是"吃大肥肉，穿花洋布"，直白明了，清爽好记。村人们看到，都说这个好，都要求写这个。结果，那一年，全村人家，几乎家家门上都贴着这副对联。正月里在村子里走着，一个村子除了喜气洋洋外，又另添着一份跃动，满满的幸福的气流，在四处蹿着，似乎人人都穿上了新衣裳，人人都有大肥肉吃。真富裕！

正月半

我们才不会去深究缘由的，只是快乐，单纯地快乐。

年一过到正月半，我注定是要惆怅的。

怎么能不惆怅呢？那些撒开脚丫子，走东家窜西家的欢腾；那些人人遇见，都一团和气说着吉利话的温馨模样；那些喷着香的馒头年糕还有糖果糕点；那些门上的对联、窗上的窗花，都渐渐褪去鲜亮、成了过往了。我的好衣裳，也要脱下来，被母亲压到箱底去。日子又复归到清汤寡水里，叫人想想，就急得想哭。

那时，我还不知道正月半有个更文雅的叫法：元宵节。那是上学识了字后，在书本上才读到的。它的历史长达两千多年，自秦朝，人们就开始有了吃元宵赏花灯的习俗，——我亦是不知的。

我尚小，能看到的世界，也只是眼前的那个村庄。村人们

198

只叫它，正月半。

有童谣念：

正月半，炸麻团，爹爹炸了奶奶看。

这童谣唱得有道理吗？没有的。我没见过麻团，我的小伙伴们也没见过。我们也只在歌谣里呷摸着，它应该是火烤油炸的，很香很香的。

我们没有麻团吃，没有元宵吃，但我们有火把可燃。爷爷如果那天心情特别好，他会坐在门前的桃树底下，给我们兄妹几个扎火把。所用材料，是稻草和竹枝。竹枝好啊，经烧，一边燃着，一边能发出噼呖啪啦的响声，像放小鞭炮。奶奶是不大舍得我们用这个去烧的，那是上等的柴火啊。爷爷却经不住我们苦求，往往会偷偷在稻草里包上些竹枝。爷爷扎出的火把，又大又结实，我们举着它，真是神气得不得了。

也就等着天黑。天一黑，各家的孩子，都举着火把出动了。田埂边，像飞舞着一群一群的流星。我们唱着"正月半，炸麻团，爹爹炸了奶奶看"，绕着田埂奔跑，这边呼，那边应，一个村庄的黑暗，都被火把和孩子的歌声，燃亮了。

也有在沟边河边，放野火的习俗。那是不用等到天黑的，河边的茅草，就被点燃了，火苗儿欢快地跳跃着，呼啦啦烧去一大片。像燃烧着一个大大的夕阳。我们站在边上，兴奋莫名地观看，并不知为什么要放野火。驱虫和祈求庄稼丰收，那是大人们的事。在我们看来，过年了，就要新鞋新袜地穿着，就要贴红对联和年画。过正月半了，就要放野火。这都是该派的。我们才不会去深究缘由的，只是快乐，单纯地快乐。

有一年正月半，我姐领着我和弟弟去放野火。屋后就是河，河边杂草丛生，是放野火的最佳地。我姐点燃了一堆杂草，火苗一下子蹿得老高，呼哧呼哧，像条巨龙翻滚腾跃。我们站在边上，高兴得又唱又跳。母亲不知打哪里，突然一阵风似的跑了来，揪住我姐，二话不说，就是一顿痛打。

所有的欢乐，戛然而止。那个正月半的晚上，我们没有举火把去奔跑，囫囵地吃了点什么，就上床睡觉了。半夜里，我听到我姐的哭声，很轻很轻，像秋虫在鸣。我的一颗心，恻恻的。年，真的过去了。一切的甜和好，也似乎都跟着走远了。

也是到一些年后，说起往事，我姐搂着母亲，开玩笑地问：那年的正月半，你为什么要打我？母亲赧然半天，轻轻叹口气，喃喃道：都是因为穷，穷人气多啊。

锦鲤时光

我一生中最美的时光，当属于那一段锦鲤时光吧，虽然贫穷，虽然卑微，却单纯，色彩明艳，无限阔大。

去秦岭深处的一个小村庄。

村庄里有老树。有古井。房屋多以平房为主，黄泥黑瓦，门楣低矮。草垛子搁在屋角头，鸡和狗在草垛子旁无所事事，见着来人，挺好奇，一齐抬头注目。碎石子铺成的巷道两旁，长满了芨芨草、野蒿子和鹅肠草。有一两枝桃花，从人家的院墙内探出头来，红粉乱溅。

我应邀走进一户人家。那户人家，女人患了软骨症，男人二十年如一日，不离不弃守护着。

男人得知我去，早早在院门口等着。憨厚的中年男人，脸上的笑容淡定而平和，不见被命运折腾的愁苦。女人被收拾得很干净，她整个的身体，除了头稍稍能转动之外，其余的，都软似面团。她半躺在院中的一树桃花底下，脸上的笑容，也是淡定而平和的。

我坐到女人身边，听男人讲他们的故事。多少年的守护，她已与他的生命血肉相连。没有她就没有我，没有我也就没有她。这辈子，我就把她当婴儿照料，我愿意。男人说得慢条斯理，一边伸手拂拂女人的额发。

说到婴儿，两个人都笑出声来。我们有个儿子呢，很出息的。一直没开口说话的女人，这时突然插话道。

我被领进他们的小居室。两间平房，一间做了卧室，一间做了起居间。墙上全被花花绿绿的年画贴满了，一幅胖娃娃抱锦鲤的年画尤其显目。男人说：儿子喜欢这幅画。小时候他照着上面画，画得可像哩。

说起儿子，男人的语气里全是骄傲。他取来儿子的照片给我看，二十岁的小伙子，眉目飞扬。目前，正在北京念大学。

我一时间恍惚，仿佛走回从前去。从前，也是这样的房，家里的土墙上，也贴满年画，花花绿绿的。年画里，少不了一幅胖娃娃抱锦鲤。胖娃娃穿着红肚兜，圆鼓鼓的脸蛋上，欢笑飞溅。他骑坐在锦鲤身上，一手抱着锦鲤的头，一手擎着一朵荷花。他身下的锦鲤，亦是胖乎乎的，笑哈哈的，尾巴高高翘起，好似小马驹要腾飞。小时的我，很爱盯着这幅年画看。有时盯着盯着，老疑心那孩子那鱼，会走下来。

那时，村子里家家户户的土墙上，都少不了这样一幅年

202

画，既喜庆，又满含着美好的祈愿，祈愿日子就像鲤鱼跳龙门一样。当时不懂，这鲤鱼为什么要跳龙门呢，跳过之后又怎样呢？村人们怕是也没有深究过这些问题，他们只笑嘻嘻说：就是鲤鱼跳龙门呀。眸子里，有星子在闪亮。

家里的土灶上，也断断少不了一幅锦鲤戏荷图。砌灶的师傅真是很不简单，灶砌好后，他在一面灶墙上，拿红漆绿漆涂涂抹抹，三笔两画，他的手底下，就有了荷花在开着，锦鲤在活泼地游弋着。我在一边，往往看得呆过去。世间神奇，我以为那算得上是一种。

一日，我在厨房里写作业，奶奶在烧饭。锅上热气蒸腾，我看到灶墙上那条锦鲤，在雾气里忽隐忽现，上下凫游。正发着呆，一个远亲来访，我称他"大大"。大大是个人物，那时，他在杭州城住，面皮白净，气质儒雅。听我爸说，他读书很多，写得一手好字。他当时见到在做作业的我，脱口说了句：这孩子将来肯定有出息，她握笔的姿势很不一般。

那日，我们全家因大大这句预言，着着实实高兴了一番。我爸说：我家的鲤鱼，将来也要跳龙门喽。我似懂非懂。但因被我爸比作鲤鱼，还是很是开心很得意的。后来，我坐在堂屋里读书，眼光常不自觉地溜到墙上那幅年画上去，笑嘻嘻的胖娃娃，一手抱着锦鲤的头，一手擎着一朵荷花。他身下的锦鲤，胖乎乎的，甩着尾巴，如一匹将欲腾飞的小马驹。门外的鸟叫声，密集如小雨点。我小小的心里，有着莫名的激动。

现在回过头去看，我一生中最美的时光，当属于那一段锦鲤时光吧，虽然贫穷，虽然卑微，却单纯，色彩明艳，无限阔大。且心怀梦想和向往，相信奇迹，并充满热爱。

月光下

那洁白的激励，伴我度过贫瘠又丰盈的少年时光。

乡村的夜晚，是分外宁静的。除了偶尔的狗吠和虫鸣。

月光降临的声音，便显得特别清晰。滴滴答答，如同雨落檐沟。又似乎不是，它该是小溪流在奔腾，哗啦哗啦。

月亮自然是大而圆的，悬在天上。天与地，都是阔大无边的。村庄掩映在一片月光中，破旧的木门，低矮的山墙，草垛子，南瓜花，人家晒场边上搁着的绿碡，花喜鹊居住的老槐树……这白天熟悉着的一切，此刻，都像被抹上了一层奶油，散发出甜美的气息，美得让我诧异。

我踩着长长短短的月光的影子，一个人走在乡村的路上。我其实是顶怕走夜路的，我怕遇见鬼。

乡下孩子，是听着鬼故事长大的。那时我的乡亲，少有识文断字的，却装着一肚子的鬼故事。有些是上代流传下来的，有些是他们自己编的，多是含冤而死到人间来复仇的鬼。我们怕听，又爱听。夏夜纳凉时，多半是在这些鬼故事里，又惊又怕又欢喜地入睡的。乡亲们自有他们做人的道理，不做亏心事，不怕鬼敲门。也是在那时我就懂了，做人要讲良心。

我一路走，一路检点着自己，有没有做过坏事情。偷过人家树上的梨算不算？打过人家的狗算不算？摘过人家篱笆边的大丽花算不算？心里面忏悔着。抬头，月亮不动声色地看着我。我旋即又高兴起来，想着路的前头，有个巨大的诱惑在，我的脚步，不由得变得轻盈起来。我忘了害怕。

我去借书。离我家五六里远的地方，住着我的语文老师，亦是我的班主任，他家里有两大纸箱子的藏书。纸箱子搁在他家的床底下。在当时的我的眼里，那是宝藏一样的东西，是闪着光芒的。

老师家有男孩，和我年龄相仿，在一个班读书。却调皮，不爱读书。我去借书，老师就当场教育他的孩子：你看看人家，没有书读，拼命想读，你却躺在书堆里不知珍惜。搞得那小子特别恨我，背地里警告我，再敢登他家的门借书，就要对我不客气了。后来，我的书包里跳出青蛙，我的课桌肚里，盘着小蛇，都拜他所赐。但书的诱惑，是高过一切的。等一本书看完了，我又想看另一本，便又忘了一切，跑去借了。

班主任的爱人起初看见我去借书，是老大不高兴的。她磨磨蹭蹭，不肯借给我。我就手脚勤快地帮她干活，她洗涮，我帮着洗涮。她烧火，我帮着烧。我再去借书，她的态度竟是十分的友好，笑眯眯的。

又是一个月亮夜，我跑去班主任家借书。班主任一家，正围着桌子吃晚饭，他们热情拉我入席。班主任的爱人还亲自趴到床底下去，拖出装书的纸箱子来，掏出一本书又一本书。她一边掏，一边意味深长对我说：这些书，你好好看，好好保管，你看了，我的孙子将来也是要看的。我不懂她的话，却还是很郑重地冲她点头，答应道：好。那一天，她极其大方地往我怀里塞书，直到我捧满怀。

我觉得心口里，有朵花，"叭"一下，盛开了。那满怀的幸福感，有些让我喘不过气来。我捧着满怀的书，像捧着一座金矿，跳进外面的月光里。一地的月光，波光粼粼，我是满载而归的一条鱼。班主任送我出来，在他家的屋角后，他站住，低下头，看我。他的眼睛里，有莹莹的月光在跳。他突然轻叹一口气，伸手抚了抚我的额头，说：你真是个好孩子。

一些日子后，我听到传闻，说是我跟班主任的儿子，是订了娃娃亲的，我将来长大了，是要嫁给他们家做媳妇的。听到这样的传闻，我没有难过，反而，暗暗有些高兴，想着，若是能做他们家的媳妇，也真不错的，那两大纸箱子的书，就都归我了，我想看哪本就看哪本，想怎么看就怎么看，多好！

班主任却什么也没有对我说过。只是这之后，他不再让我一个人走夜路去他家借书，而是每隔一些日子，他会把我想看的书，直接送到我手里，直到我初中毕业。

我再也没有见过，比那夜的月光，更明亮更醇厚的了。月光下，老师的眼睛，很亮。他说：你真是个好孩子。那洁白的激励，伴我度过贫瘠又丰盈的少年时光。

旧时月色

年少的记忆，是浸泡在月色中的。

四时的月色，是各有千秋的。

春天的月色，清澈透明，拌着草芽儿和花的清香，吸上一口，有微醉的感觉。夏天的月色，轻歌曼舞，轻盈若羽，如梦似幻。秋天的月色，浓酽黏稠，像冰得化不开的奶油。冬天的月色，如盐胜雪，洁白闪亮。

在城里很难得见到这样的月色了。即便有月亮的晚上，你发了心，一定要看看月亮。然后，你站到阳台上，等了好久，等着月亮爬上来。隔着许多的高楼，隔着许多的灯光，你寻过去，夜色浑浊不清。没有星星，天上的那枚月，很像宣纸上滴落的一颗泪，模糊着，看得你心疼了。

你轻轻叹息，也只能，去记忆里寻。

年少的记忆，是浸泡在月色中的。

六七岁的年纪，是不大敢单独到月下晃的，怕鬼。大人们的故事里，鬼故事居多。特别是一个叫陈广凤的女人，爱讲这样的鬼故事。

陈广凤家住一个土墩上，两间低矮的草房子，周围芦苇丛生。偶尔听大人们闲谈，说她是个可怜的人。她脸颊上长一大块暗红色的胎记，几乎遮住她的半边脸，使她看上去，极丑。那个时候，她四五十岁的样子，丧夫独居，一个人寂寞，常骗了我们小孩子去，帮她拣沙子里的黄豆，她给我们讲鬼故事听。说月亮满满的夜，鬼变成漂亮的大姑娘出来了，身上穿着白绸缎的衣裳，披着长头发。看见有人走过来，就丢下一只绣花鞋，哄着人去捡。我们听得毛骨悚然，怕着，却又着急着下文：后来，后来鬼把人怎么样了？

她却不肯说下文，诱骗着我们第二天再去。我们惦念着故事的结局，第二天早早地去了，绕过杂乱的芦苇丛。她站在草房子前，笑吟吟地迎，手里还是那捧沙子，沙子里面混杂着一些黄豆。我们有一颗没一颗地拣着，她的鬼姑娘便又上场了。今天的鬼姑娘换了件衣裳，穿的是一袭红丝绒的裙子。红得像什么呢？就像她家草房子前开着的鸡冠花。

我们一边害怕着，一边着迷地听着。我们拣了一个秋天的黄豆，最后她到底讲了结局没有，不记得了。只记得再遇月夜，我早早地蜷进被窝，把头埋进被子里，不敢看窗外。半夜里睡醒，惊讶着满世界的银光闪闪，我们仿佛睡在一只银碗里。四周寂静，虫鸣声若有似无，只听见月光落地的声音，噗，噗，轻微的，像雪花飘落，一下，一下。

然后，我看见月光探了身子，跑到屋内来，跑到母亲的梳妆台上，那上面放着梳子、镜奁、一瓶百雀羚、剪刀，和母亲晚上新栽的鞋面子。月光均匀地吻过每一样物件，吐出一朵一朵银白的花。蒙了一层纱的窗，亦描着银边，那么的亮。满世界仿佛都藏着秘密。我忘了害怕，只是奇异地望着，望着，不敢动，我怕动一动，这月光就飞了。多年后，我知道，那是自然的大美，任一个小孩，也为之动容。

冬天的月夜，陪着母亲去担水。母亲白天要忙农活，家里的吃喝用水，都是晚上去一公里外的河里挑。有母亲在，是没有害怕的。天上空空荡荡，只一个明晃晃的月亮，把我和母亲的影子，拉得忽而短，忽而长。近处远处的田野，都铺上一层白霜似的月光。小路上，则像敷上了一层厚厚的白糖，让人忍不住想弯腰下去舀上一勺。

我们踩着这样的月光路，到河边。冰面上，敷着同样一层厚厚的白糖。河边的树和芦苇，浴一身月光，再看不出萧条和枯萎，有的，只是温情脉脉。母亲用扁担砸破冰块，清幽幽的水里，立即掉进一个大而白胖的月亮。这个月亮很快被母亲装进水桶里。母亲挑着装着月亮的担子，晃晃悠悠地走。我开始唱歌了。那样的月色，唯有唱歌，才能消化。母亲也唱歌了。母亲不识字，唱的是她自己编的歌谣。我们的歌声，消融在月色里，变成了月光，四处飞溅。

转眼是春。春天的月色，浸满花香。这边是桃花。那边是梨花。胡萝卜开的花也是好的，像头顶着一个一个的胖蘑菇。菜花就更不用说了，一开一大片，满地滚金。我们几个孩子约了去放风筝。所谓的风筝，是用破塑料纸做的，或是包东西剩下的牛皮纸做的。风筝线是偷的母亲的纳鞋线。我们牵着这样的风筝，在乡村土路上快乐地叫着跑着。风筝被月光托在半空中，像只展翅奋飞的鸟儿。眼前的各色花们草们，被月光洇染，像瓷雕的。我们一时惊诧，齐齐仰了头看天上的月亮，觉得它也像一朵盛开的花，梨花，或是胡萝卜花。

最喜欢的，是夏天的月夜，孩子们不会待在屋里。大人们也不会待在屋里，他们要趁着好月色，去社场上剥玉米。

母亲是剥玉米的能手，一晚上能剥上百斤，可以换到十来只脆饼。那个时候，脆饼是我们有限的见识里，最好吃的点心。我们都自告奋勇地跟着母亲去，帮着剥玉米。一路之上，月光曼舞，风中飘来阵阵稻花香。青蛙们的合唱此起彼伏。萤火虫多得像撒落的星星。社场那边，早已人声鼎沸，玉米棒子堆成了一座金黄的小山。

我们加入进去。月光被搅动得四处流溢，又迅速合拢，如船划过一道道水波。终于，所有人各就各位，迅速剥起玉米来。大人们喁喁闲谈，偶尔有轻笑的一两声。月光也安静下来，趴在人们的头发上、肩上、膝盖上，淌进每粒玉米里。我们几个孩子剥一会儿，手就火烧火燎地疼，也不大坐得住，心早野了，母亲叹一口气，宽容地说一声：玩去吧。

我们如得了特赦令，立即飞跑开去，追逐嬉闹，如快乐的小鱼，在月光里游弋。玩到大半夜，困了，回家睡去。却不知母亲什么时候回家来，第二天，枕边有脆饼的香，扑鼻。而母亲，早去地里忙活了。

那个时候，从没见母亲吃过脆饼。我们以为，那是属于小孩子吃的，所以，吃得理所当然。多年后，母亲也回忆起那样的月夜，她剥玉米的事。她总是要剥到月亮西斜，手掌通红，火辣辣的。孩子多，她要多挣些脆饼。看着你们吃，我就很满足了，母亲说。一片月光倾泻下来，淹没了我的心。我追问：妈，你当时想没想过要吃？母亲笑了：傻丫头，那么好吃的东西，怎么会不想？

青春纪·离殇

青春的心，原是那等的敏感又脆弱，害怕光芒。哪怕拂过轻微的风，怕也随不住。

十六七岁的年纪，我在老街上的中学读书。

两层的教学楼，红砖，红瓦。教学楼前长泡桐树。春天来的时候，泡桐树先开花，后长叶。 树紫色的小花，纯粹，单一，像悬着一树紫色的铃铛。风吹，铃铛无声。年少的眼看过去，却发出千万声的回响，叮叮，当当。碰撞得心，像沾了露的草尖，疼疼的，莫名的忧伤。

隔壁班有女生姓绿。这姓很特别，偌大的校园里，绝对独一无二。她喜穿绿衣裳，爱系绿丝巾。人又漂亮又活泼，爱笑，走到哪里，都像一只闪闪发光的绿蝴蝶在飞。

我常看到她，走过我们窗前，绿影子轻盈地一闪，留下一阵青绿的风。光影飘摇，日头也暖，我假装没看见，只埋头念

214

自己的书。心里头却生出许多双眼睛来，对着她的背影，看了又看。我想有她的绿衣裳。我想系她的绿丝巾。我更想能如她一样，漂亮，活泼，意气风发。

彼时，我家境清贫，我背着我妈用头巾缝的花格子书包，穿着我妈纳的土布鞋。也无好容貌，肤黑，胖着，夹杂在城里一大堆光鲜人儿之中，是野草误入花圃。笑也黯淡。只能一日一日，让自己像刺猬似的，时时竖起尖尖的刺，只为护住内心的卑微与怯弱。

是暗暗羡慕她的。她家只她一个独生女儿，父母小有钱财，倾尽心力栽培她。她会弹钢琴，会唱歌跳舞，画的画也好。学校宣传栏里的画，就是她的杰作。成绩也不错。好像全世界的好，都让她一个人占了。

人缘亦是好的。她的身边，总有几个要好的女伴，和她一起咬着冰糖葫芦，从校门口一路谈笑风生地走过来。男生们更是喜欢她，一下课，总有男生跑到她的教室门口，去叫她。她脆脆地应，连蹦带跳地下楼去，在楼前空地上和那些男生打羽毛球。阳光总是好的，天空瓦蓝，云朵雪白。她迎着阳光跑，风一样的，绿身影律动着，像舞动着的一只绿蝴蝶。

我和她在校园里遇见过几次。她冲我点头微笑，很友好的样子。我漠然地掉过头去，无端地有些恼她，仿佛她侵犯了我的自尊。而事实上，她什么也没做。青春的心，原是那等的敏感又脆弱，害怕光芒。哪怕拂过轻微的风，怕也随不住。

某天，她突然一言不发，离校出走了，整个校园哗然。那几天，大家都在谈论她，猜测种种，有说她恋爱失败的。也有说她家庭出了变故，她的父母离异了。

　　她漂亮的母亲来学校，坐在校长室里哭。头发稀疏的老校长，急得团团转，派了很多老师出去找。我走过一旁，表面上漠然着，心里却是又吃惊又害怕，觉得她只是贪玩了，她会回来的。

　　她却没有回来。清风日暖，一切如旧，我们教室的窗前，少了她轻盈闪过的绿影子。楼前的空地上，也仍有同学在上面奔跑、跳跃，却荒野空谷般的，寂静得叫人发慌。

　　她最终没有回来。一些天后，有同学传言，她死了。自杀。

　　没有人相信。我们走过楼前，总不自觉地会往空地上看看，是不是她在那里奔腾跳跃。有绿影子闪过，我们也总怀疑，那会不会是她。

　　多年后，我在我的文字里，遇到她，她叫郑如萍。也叫米心。也叫绿。

　　她的真实名字，其实叫青春。

第六辑
桃花红

所谓人间仙境婉转清扬，
莫不是那样的了，有艳阳
照着，有桃花开着，有人
在走着。

若 香

恍惚间，我看见当年的阳光，飘了过来，银箔儿一样的，像雨点一样的。

桃红柳绿的春天，我们几个孩子在河边玩耍，河上搭着简易的石桥。河岸边，一棵歪脖子垂柳树，像大伞一样罩下来，柳条儿拂着石桥的栏杆。若香系着一条玫红色围巾，从小石桥的那端走过来。阳光揉碎了柳枝的细芽儿，把柔嫩的鲜绿，洒落在她的脸上、肩上。她水波潋滟地走着，像一条小小的美人鱼。那是我今生见过的最美的画面。

所有的孩子都停下来，怔怔地看她。我们被美惊着了，我们都没有说话。

若香径直走了，看也没看我们一眼。我们并不生气，她不看我们是理应该的。她跟我们多么不同，她的名字里，隐含着一股清雅高贵之气。我们人小，说不上那种感觉，但就是觉得，她与村庄的篱笆墙、庄稼、狗尾巴草格格不入。村庄对她，真是怠慢了，怠慢得我们都跟着觉得亏欠了她的。

我们玩游戏，跳皮筋，踢毽子，跳房子，这些，若香都不屑于玩的。我们远远看着她，她坐在小茅屋前看书，一只腿搁在另一只腿上。她还支起画架画画，调着各种颜料。她周遭的风，和阳光，还有小茅屋，都干净得像水洗过的。

她是不属于村庄的。

她还有个不属于村庄的爹。她爹与遥远的大城市，有着千丝万缕的联系。她爹的哥哥，也就是她的伯伯，是在城里做事的，据说是个当官的，身居要职。她爹也在城里多年，后来，不知为何回到乡下来，在村小学里做了一名老师。

她爹常穿一件白绸子衬衫，手持一卷书，从田间地头走过，翩翩然。广袤的田野，都成了她爹的陪衬。村人们见着她爹，都停下来观望，那眼神里很是敬重。

我们小孩子都羡慕若香有这么一个爹，不单单因为她爹是我们的老师。还因为，她爹会的东西实在多，吹拉弹唱之外，还会画画，还会裁剪缝纫。若香身上的衣，都是她爹亲手设计缝制的。若香脖子上的那条玫红色围巾，也是她爹买的。她爹还给若香买画笔画纸，教若香诵读我们都听不懂的古诗词。

若香真的和我们不一样。

还是桃红柳绿的春天。那个时候，若香和我，走得很近了。偶尔的，她会和我一起玩。我教若香丢沙包（一种从前小孩子玩的游戏），若香很快就玩得比我好了。她两眼闪闪发光，光洁的额头上，沁出细密的汗珠。这个时候的若香，看上去很活泼，跟村庄浑然一体。

我一心一意巴结着若香。我存着一个更大的目的，我想看若香家的书。若香拥有两抽屉的小人书，哪一本都让我垂涎不已。我偷爬到人家的枣树上摘枣，枣树上满是刺，但我顾不上。我胆战心惊防了人家的狗叫，又要防了有人发现我，最后偷得枣来，一个也舍不得吃，全给若香了。

沟渠边的野蔷薇开了，我跑去采花。野蔷薇的刺，刺得我满手皆是，我妈拿缝衣针给我挑半天，一边挑一边骂我野。我心里却是高兴的，因为，我看到若香捧着蔷薇花的时候笑了。若香低头嗅花的样子真好看，若香说：我们做朋友吧。

我和若香并排坐在一棵桃树底下，合看一本小人书。看完了，我发了一回呆。我说：若香，长大了，我要做个摆书摊的人，我要买好多好多的小人书。

若香笑了一下，若香说：长大了，我是要去城里的。

我惊了一惊，又觉得理所当然。若香是不属于村庄的，她该去她的大城市。只是，若香去做什么呢？当商场的营业员吗？或者是，坐在电影院的售票窗口，做售票员？在我仅有的见识里，那是最风光的城里女孩子。她们穿着碎花裙子，面皮白净，走起路来，如弱柳扶风。

若香却说：不，我去读书。

我转过身，看她，我狠狠地把我的羡慕和吃惊压下去了。城里，多么遥远美好，像天边的云那么遥远和美好，她居然要去那里读书！我看到桃花的影子，在她的小脸蛋上晃啊晃的。她的脸蛋，饱满得像颗水蜜桃。不远处，菜花一地黄。村人们的身子没在菜花地里。蜜蜂们成群成群地飞。小麻雀站在茅屋顶上叫得欢。银箔儿一样的阳光，像雨点一样落下来，看得人恍惚。

很奇怪的是，那之后的许多光阴，在我的脑海中，竟大多数是空白。我和若香或许在一起，或许没在一起，印象都不深了。我小学毕业后，没有悬念地进了一所乡村中学念书。若香真的去了城里，奔着她的伯伯去了。

我们再难得碰面了。偶尔的一次，若香回来，她的面貌已发生了很大变化，个子高挑，明眸皓齿着。我站在家门口，看着她走过。我觉得有一条鸿沟，横亘在我们跟前。她许是看见我了，许是没看见。我们没有说话。

一些年后，我也把书读到城里，若香却回乡下了。有关她的事，在村庄很是沸腾了一阵子。她在一场惊世骇俗的恋爱中受了伤，断送了学业，人变得半痴。我大学毕业那年，若香早早嫁人了。据说嫁的是一个木匠，木匠有个缺陷，耳朵半失聪。我回老家，听人谈起若香，人皆摇头，说：这娃子可惜了。

若香的事，对若香的爹打击最大。从前那个着白绸衫翩翩然的男人不见了，取而代之的，是个邋遢的老头儿。他玩的那些乐

222

器和画笔，蒙了尘。一次酒多，他失足跌入屋后的河里，再没活转过来。若香回来给她爹收尸，神情木然着，看不出哀悲。

若香来找我，是隔了好些年后的事了。这个时候，她已拥有好几家农庄酒店，生意如火如荼。她站在我面前，丰腴而富丽地笑着，我猛然间竟没认出她来。她说：梅，我是若香啊。一只手就亲热地来揽我的肩，笑声朗朗：啊，梅你还是从前的样子啊，一点都没变。

她是为她女儿大学填报志愿的事来找我的。她想女儿报北京的大学，女儿却更喜欢南方。她一时拿不定主意，就跑来找我了。你走南闯北多，见识广，我想听听你的意见，她说。说完，她扭头冲门外喊：进来嘛，你梅姨又不是外人。

我看到一个女孩子，略带羞涩地走了进来，个子高挑，明眸皓齿，分明是当年的若香。

我这辈子没混出个啥名堂来，不过，我这个女儿还是不错的，钢琴过了十级，美术作品拿过全国大奖，哈哈哈。若香拉过女儿来，笑得咯嘣嘣。恍惚间，我看见当年的阳光，飘了过来，银箔儿一样的，像雨点一样的。

我要为你吹一世的横笛

两个人的灯下，他为她吹了一夜的笛。

她走近他的时候，正是他人生最不堪的时候，先是父亲被批斗致死，接着母亲疯了，失足坠楼而亡，他亦被下放到一个偏远的小山村。新婚妻子敌不过这样的变故，跟他划清界限，远他而去。原本热热闹闹的一个家，顷刻间，没了。

雪落。他一个人，爬到白雪覆盖的小山坡上，想悲惨人生，想到痛处，忍不住放声大哭。突然身后有人唤他："哎——"他回头，看见她鼻尖冻得通红，肩上落满雪花。

"你不要哭，真的，不要哭。"她有些语无伦次，"我相信，你不是坏人。"她眼睛亮亮地看着他。

他冻僵的心，突然回暖，漫天漫地的雪花，有了温度。

他知道了她叫英子，19岁，家里有兄妹五个，她排行老二，没念过书。她知道了他原是大学里的音乐老师，遂有些得意地说："我就说嘛，你不是坏人。"他笑了，反问她："怎么不是？"她脸红了，低了头吃吃笑，说："看上去不像嘛。"

隔两天，她跑来找他，脑后粗黑的长辫子不见了，代之的，是一头碎发。她脸红扑扑地对他说："我要送你一件礼物。"他还在发愣，一支绛色的笛子，已举到他跟前。她说："你是音乐老师，你一定会吹笛子的，一个人的时候，吹吹，解解闷。"

原来，她跑集镇上去，卖掉她的长辫子，换来一支笛子。他问："为什么要这样做？"她答："我喜欢读书人呀。"他黯然，说："傻姑娘，我会连累你的。"她说："不怕，你不是坏人。"

他们相爱了。流言蜚语顿起，都说是他勾引她的。村里召开批判大会，把他押到台上。她出人意料地跳上台，憋着一张通红的小脸，对底下激愤的人群说："我喜欢他，我要嫁给他！"

这不啻一磅重弹，炸得人们一愣一愣的。震惊与阻挠，一时间汹涌澎湃。那时候，小山村人们的思想观念还相当落后，男婚女嫁，都讲究父母之命媒妁之言，哪里有大姑娘自个儿追男人的？有人骂：不要脸，真不要脸。后来许多人骂：不要脸，真不要脸。她亦是不在意的，昂着头，像个勇士。

她的父母，迫于外界压力，速速替她寻了一山里汉子，要她嫁过去。她拿一把菜刀架到自己脖子上，说："除非我死！"

如此的千辛万苦，他们终于生活到一起。结婚那天，没有鞭炮齐鸣，甚至连一句祝福的话也没有的。母亲偷偷塞给她五块钱，抹着眼泪说："丫头，以后过好过孬都不要怪娘。"

她却是满足的、幸福的，两个人的灯下，他为她吹了一夜的笛。

八年后，落实政策，他平反，回城，重返校园。她在村人们羡慕的眼光里，跟着他进了城，却与一个城格格不入。她不会说普通话，冒出的土疙瘩语，常让城里人侧目。他们家里，进进出出的，也都是些衣着鲜亮的人，他们谈论什么贝多芬、肖邦，神采飞扬。这时候，她只有发呆的份儿。和他一起走在大学校园里，她是那样卑微的一个，脸上一直挂着谦卑的笑，别人却还不待见。她终于待不住了，闹着要回去，回到她的小山村。

她真的回去了。这期间，他的事业如日中天，他被许多大学请去开音乐讲座，身边不乏优秀女子的追逐。要好的朋友劝他，还是跟乡下的那个分手吧，她不配你的。他不是没有过动摇，且她又不愿到城里来，两个人如此分居着，终不是个长久。再回去，他试着跟她说："我可能，回不来了。"她心里不是不明白，却说："随便你，你怎么说，我都听你的。"却在他临走时，找出那支笛子给他，关照："一个人的时候，吹吹，解解闷。"

意外是在她送他回城的路上发生的，一辆刹车失灵的大卡车，突然冲向他们，她眼疾手快，迅速把他往外一推，自己却被撞飞，当场昏死过去。

七天七夜后，她醒过来，人却变得痴呆。医生说，她的脑子受了重创，要恢复，难。

　　他没有再回城，因为他知道，她喜欢的是乡下，在乡下，她才能活得舒展。他陪伴着她，叫她英子。乡村的风，吹得漫漫的，门前的空地上，长着她喜欢的大丽花。太阳好的时候，他把她抱到太阳底下，给她吹笛子。他说："英子，当年，你真勇敢啊，你跳上台，对着那些人说，你喜欢我，你要嫁给我。"说到这里，他笑出泪来，而她的眼角，似乎也有泪流。

　　他再不曾离开她。和他们同在的，还有当年的那支笛子。

青春底版上开过玉兰花

她的心里，突然就落下千朵万朵阳光，玉兰花般开放。

夏意儿念中学的时候，家离学校远，住宿。

每日黄昏，放学了，大多数同学都回家了，校园便变得空旷而宁静。她会抓一本书，去操场边。黄昏温柔，金粉一样的光线，落在一棵一棵的树上。是些荷花玉兰，五月开花，能一直开到九月，这朵息了，那朵开，碗口大的花，白而稠。就那样开得烈烈的，又是悄悄的。她会倚了树，背书，心淹没在那些金粉里，安静而美好。

一日，她的安静，突然被操场上一阵一阵的欢叫声给打断了。那是一些男老师，在操场上打篮球。在那些男老师中，她一眼看到他们年轻的语文老师，正迎着夕阳的方向跑。夕阳的剪影里，他看上去，像骑着一匹金色骏马的王子，英俊极了。她只听见自己的一颗心，"嘭"的一下，开了花。

自那以后，她开始留意他。他的声音好听。他走路的姿势好看。他抬手的动作潇洒。他笑起来的样子真可爱。他离她，那么近，又那么远。她的心，开始了忧伤。学习却格外努力起来，尤其是他教的语文，每次考试，她的成绩，都在全年级遥遥领先，让他的眼睛里，有了骄傲。他跟别班的语文老师说：我们班的夏意儿，语文好得没话说。她站在他边上，听着这话，微低了头笑，心快乐得要飞。他转身看她一眼，点点阳光洒过来，他说：要继续保持啊夏意儿。她认真地点头，把这当作是她对他的承诺。

　　端午节，她特地跑回家，央母亲包多多的粽子。母亲问：要那么多吃得下吗？她说：带给同学吃呢。母亲包粽子时，她在一边相帮，挑又大又红的枣，一颗一颗洗净了，和在糯米里。母亲笑话她，这么小的丫头，就知道吃了。她不言语，只是笑。第二日，天微微亮，她就赶到学校。他的宿舍门紧闭着，想他还在睡吧。她把精心挑出的一袋粽子，轻轻放在他宿舍门口的台阶上。

　　后来他在班上，笑问全班同学：哪个同学给我送粽子了？同学们愕然，继而都望向他笑着摇头。她也在其中，笑着摇头。他的目光，落向她又掠过她，他说：粽子我吃了，非常好吃，谢谢你们啦。

　　课后，同学们很是热烈地讨论了一回，到底谁给老师送粽子了？谁呢？她静静坐在一边，耳畔只响着他的声音他的笑。

他吃了我送的粽子呢，她想。她因此，而幸福。

元旦的时候，却传出他结婚的消息，教室里一下子沸腾起来，每个同学看上去都兴兴奋奋的。女生们争着打听他的新娘漂不漂亮，男生们则商量着给他买礼物。她一个人，跑去操场边，莫名其妙大哭一场。

再见到他，是几天后。许是新婚，他的脸上，流溢着遮不住的甜蜜。学生们冲他大呼小叫：老师老师，要吃喜糖要吃喜糖喔。他笑着答应：好，好，都有。下课了，他站在教室门口叫：夏意儿，你过来帮我拿一下糖。她坐在位子上没动，回他：我肚子痛呢。他稍稍愣了一愣，走到她跟前，关切地问：没关系吧？要不要去看医生？她慌乱地一摇头：没事的。脸红红的，想哭。她果真伏在桌上，悄悄淌泪。

他后来叫了另一个同学去，捧来一大堆花花绿绿的喜糖，她把发到手的喜糖，转手给了同桌，说：我从不喜欢吃糖的。同桌信以为真，很高兴地接了去。

她的语文成绩，自此一落千丈。

他很着急，找她谈话。她站他跟前，什么话也不说，只默默低着头。她听到他轻轻叹了一口气，听到他的声音，空谷足音般地响起，他说：夏意儿，你知道吗？你是我任教的学生里，最聪明灵秀的一个，我希望我能有幸送你走进重点大学，那里，有属于你的金色年华。她的心里，突然就落下千朵万朵阳光，玉兰花般开放。

一颗爱的心,就此,轻轻放下。后来夏意儿顺利考进重点大学,遇到了一个爱她的,亦是她爱的人。真的如他所说,她有了属于她的金色年华。

一件红毛衣

　　时光像橹摇的一只小船，缓缓地，缓缓地摇过去，吱吱哑哑，留一地轻歌曼唱。

　　他走进那条铺着碎砖的小巷的时候，脚步有些犹疑。今天他本不打算来的，他有点头晕，想赖在家里歇歇。又想着，来与不来，有时区别也不大，顶多是陪她坐一会儿，之间也没什么话。但最终，他还是来了。都五六年了，这成了习惯，每天傍晚，他必到她这边来，看看她，稍坐一会儿，回去觉才睡得踏实。

　　春天了，巷道两边的玉兰花，满枝丫地怒放着，每一朵都鼓鼓的，像少年鼓鼓的额。这是花的好年华，青春年少，无可匹敌。他愣愣地看着那些花，心底袭上一丝悲凉，他老了，她更老了。

　　有人过世了，那户人家门上挂着白布。他先是一惊，在心

232

里揣测着，是谁呢？是不是整天坐在玉兰树下的那个老人？老人又聋又瞎了，却偏要守在那里，像根枯了的老藤，等着远方的儿子归来。儿子有一年出门做生意，再也没回来。老人望眼欲穿，一年又一年。

他几乎扛不住那份悲凉，加紧了脚步，他要快点见到她。第一次有这么强烈的感觉，他真怕失去她。

早些年，她一直不肯来城里，固守着一个人的老家，直到她再也无力照顾自己。媳妇不待见她，嫌她衰老，和脏。她其实是个顶顶干净的人，穷苦年代，他身上的衣裳虽旧，但都被她拾掇得清香整洁。三间茅草房，也总是被她收拾得一尘不染。现在她老了，还是爱干净，衣服熨帖得有棱有角。头上稀疏的白发，捋得纹丝不乱。但媳妇就是容不下她，她喝过的水杯，媳妇当着她的面，扔到垃圾桶里。她吃过的碗筷，媳妇让她搁到一边去。她讪讪的，坐也不是，站也不是，背过媳妇，她求他：儿啊，让妈搬出去住吧。

他寻寻觅觅，终于觅到这条小巷，在城乡接合处，远离喧闹，视野开阔。他给她租下一居室。她屋前屋后看，笑着说：好啊，我又有个家了。这句话，让他的泪差点掉下来，——老家早就拆除了，她回不去了。

她在租住房里种菜，种在碗里，种在脸盆里。有葱有韭，还有青菜和芫荽。不过十天半月，她的门前屋后，就成了蔬菜们的天下。他来，她给他做韭菜炒鸡蛋，给他烙葱饼，给他拌芫荽，——这些，都是他从小就爱吃的。他的舌尖上，满满的，便都是故土和从前的味道。他的记忆，开始汹涌澎湃。

父亲过世那年，他正念小学五年级。他看着空落落的家，和单薄瘦弱的她，几乎在一夜间长大，执意要退学，回家陪她。她少见地发火了，一路拖着他去学校，在教室门口，她一字一顿对他说：你只要念好你的书就行了！那个时候，她还年轻着，头发乌黑，唇红齿白，再嫁的机会多，然她一一回绝。她说，这辈子她只想和他在一起。她一个人撑着穷家，在二亩地里摸爬滚打，供他念书，一路念到大学，并在城里安了家。

现在，她老了，头上稀疏的发，再也找不着一根黑的了。牙也掉得差不多了，说话不关风，看到他，总是欢天喜地叫他乳名：小豆豆。蹒跚着给他做韭菜炒鸡蛋吃。她做的菜已大不如前，不是淡了，便是咸了。他装着很乐意吃的样子，大口大口地吃。她便心满意足得很，他喜欢吃，就是她最大的幸福。

她的记忆越来越不行了。他起初并未在意，人老了，记忆总是要衰退的。然而有一天，他来，她竟不认识他了。他盯着她混浊的眼睛说：妈，我是小豆豆啊。她恍然大悟，脸上立即笑出许多快乐的波浪来，拉着他的手，高兴地说：小豆豆，你放学啦？妈这就给你做饭去。

她变得爱藏东西，水果糕点，无一不藏。甚至饭桌上吃的菜，她也趁保姆不注意，把它全倒在衣兜里，藏到床底下。他某天亲眼见她忙着把一袋饼干，从柜子里，移到枕头下。又从枕头下，移到一个纸箱子里。他不解地问：妈，你这是做什么呢？她只神秘地笑，不答。等把纸箱子在角落里终于藏好，她才悄声告诉他：我怕有人偷吃，这是留给我家小豆豆的。

这会儿，他终于走到她这里。屋子里的景象把他吓了一跳，只见床上地上，到处都撒落着旧衣裳。她正趴在一堆旧衣裳里翻找，一边焦急地说：怎么不见了？保姆生气地上前告状，说：老太太翻箱倒柜在找一件红毛衣，我怎么拦也拦不住。

他蹲下身去，温柔地问她：妈，你找红毛衣做什么呢？她喃喃说：我要拆掉织了给小豆豆穿呀，小豆豆明儿个要去县上领奖呢。

他的心，像被一把小锤猛地锤了一下，疼得慌。那年，他念初中二年级，参加县里作文竞赛，得了一等奖。他被告知，要去县上参加颁奖大会。他看着自己的一身破衣裳，犯了愁。她得知，安慰他：别急，妈有办法，妈会把你打扮得漂漂亮亮的。她翻出压在箱底的一件红毛衣，那是她的嫁衣，她一直舍不得穿。她轻轻抚着那件红毛衣，脸上的表情，柔和生动。——她一定想起属于她的最美时光，和最深的眷恋，那是多年后，他才意识到的。

她很快把红毛衣拆了，不眠不休，给他赶制出一件新毛衣。他穿着她织的红毛衣，登上了领奖台，把一个少年的自信，和最璀璨的笑容，映在台下无数双眼睛里。

他咽下要喷涌而出的泪，转身出门，买来一件红毛衣。她摸着红毛衣，哎呀一声，欢喜不迭地说：原来你在这里啊。她在保姆的协助下，拆了毛衣，开始一针一针织。她的手指早已不复当年的灵活，而变得粗糙僵硬，每织一针，都要费很大的劲，她却锲而不舍，神情专注安详。许久，她才发现一直在看着她的他，抬头好奇地问：你是哪个？他哽咽着答：妈，我是小豆豆。她笑了：哦，小豆豆啊，你别急，妈妈马上就能织好了。他答：哦，好的，妈妈。

　　62岁的他，坐在86岁的她的身边，心安且静。时光像橹摇的一只小船，缓缓地，缓缓地摇过去，吱吱哑哑，留一地轻歌曼唱。岁月已无情地掠夺走她的年轻、美丽和健康，唯一夺不走的，是一个母亲，深沉的爱。

刘半仙

生命之外，总有些敬畏存在的。

是不是每个村子里，都住着一个瞎子，这个瞎子必是会算命的呢？反正我所知道的村子里都有。

我们村子的瞎子姓刘，人又称他"刘半仙"。他的家，离村小学不远。他家的房子，也是茅草的，却用瓦片做了房檐。那黑瓦围成的一圈房檐，就像一件普通的棉布褂子，给滚了一圈丝边似的，显得很不一般起来。吾村人把那样的房子，叫作"瓦道檐"。那代表家境比较殷实。

刘半仙家当然是殷实的，因为有刘半仙。

我上学放学，都要从刘半仙家门口过，沿着一条叫"三中沟"的小河。小河沿岸住着人家，人家会下到小河里洗汰，下到小河里担水摸鱼，这是见惯的景象。我不大搭理这个，我关注的是，河边草丛里的麻雀窝，还有那些新冒出来的小

237

野花。小野花真是多，数不清，一年四季都在开着。即使是隆冬岁月，万物都枯了，也还能见到那枯败的草窝里，有着一丛两丛鲜艳的花。

那时我尚不明白"生命的顽强"这类的人生含义，我只是无条件地喜欢着那些花，放学的路上，我总是一边走，一边掐。编出花环来，戴在头上。编出手链来，套在腕上。有时，什么也不编，就捧着那一捧的小野花，兴冲冲跑回家去，找个玻璃瓶装了。一室的简陋，因有了这一玻璃瓶的小野花，变得富丽起来。大人们对我的这种行为，多半持包容态度，地里的活计那么多，他们也顾不上去管孩子什么事，由着孩子去做孩子的事。这倒很让我得了部分自由，如野地里的野蒿子般的，就那么欣欣向荣地生长起来。

我每天都要采些野花带回家。我家的茅草屋里，也便每天都能分享到一玻璃瓶的绚烂。我是不是给穷困劳累中的人人们，带去过一丝小安慰呢？我想，应该有的。天黑了，我妈进得门来，她的眼光掠过家神柜上那一瓶子的野花，本是愁累密布的脸上，有不易察觉的笑意，一滑而过。

刘半仙家门口的花，偏偏又开得特别好。他家还长鸡冠花、凤仙花、大丽花、蜀葵啥的，红红粉粉一大片。我走到他家屋角那里，往往要停顿好久，傻呆呆看他家门口的花。但他家的花我不敢摘，我怕刘半仙看见。

刘半仙明明是看不见的。他整天坐在西厢房的一圈半明半暗的光线里，眯缝着没有一丝光亮的眼睛，掐着手指，帮人算命。瞎子都会算命，——这是那时的我得出的结论。隔壁村的李半仙也是个瞎子，这真是件顶奇怪的事。明眼人看不到的，他们能看到。

吾村人但凡家里有事，大到婚丧嫁娶，小到小孩子头疼脑热的，都会很自然地说一句：去找瞎子算算命。也就跑到刘半仙家了。刘半仙坐在他那圈半明半暗的光线里，伸出柴火般的手指头，闭着眼睛（事实上他的眼睛从未睁开过），嘴里念念有词：子丑寅卯辰巳午未申酉戌亥……这么三念两念，村人们婚丧嫁娶的时辰日子就出来了。小孩子惹病的源头也找到了，是撞了什么神或是撞了什么鬼了。没人对此有异议，村人们按着他给的那时辰日子，婚丧嫁娶。按着他的指令，符一道，纸钱一叠，烧了。不几日，那病快快的小孩，又活蹦乱跳的了。

有时，也有不灵验的。送了神送了鬼，那小孩子的病仍不见好，村人们这才去就医。但对刘半仙却无半点微词，下次小孩子病了，还是照旧先去找他算命。

8岁那年，我大病过一场。

是出痧子。

那些年，每个孩子都要出痧子的。这是孩子成长的必经之路，少不得的。吾村人对此，早已习以为常，认为那是该派的。就像刮风下雨一样正常。

然又是极其慎重对待的。一家有了出痧子的孩子，家家都知道。因为，那孩子头上会戴一顶妈妈缝的小红布帽子（有辟邪的意思）。帽子后面，拖一根长长的红布条子，像条小辫子似的。随着那孩子的走动，红布条子会在脑后一甩一甩的。路过的人见了，会笑着问：你家伢儿出痧子啦？家里人笑着应答：是的啊，出痧子了。伸手把那孩子探出的头，给按回去，一边假装呵斥，你不要命了啊！快待屋里去，出痧子吹不得风。

出痧子容易传染。这个出痧子的孩子，就被特别地保护起来，吃饭他有专门的碗，洗脸洗脚他有专门的毛巾，睡觉有专属于他的被子。又食物必须清淡，不能吃咸的东西，家里人就另给他开小灶，买了脆饼馓子泡给他吃，并挖上两勺红糖放在里面。又每日两只养油蛋，给他增加营养。

吾村人招待贵宾，最拿得出手的，就数做一碗养油蛋了。家里来了贵客，或遇到访亲那样的大场合，主妇必在锅灶上，忙着打养油蛋。吾村人嘴里会这么说：没什么招待您的，就吃一碗养油蛋吧。说得很谦虚，似乎那是寻常物。事实上，那时的鸡蛋，是一个农家最金贵的东西，可以用它换来日常所需的油盐酱醋针头线脑。养油蛋的做法简单快捷，锅里放清水，烧开了，鸡蛋整个地打到滚水里，煮上一煮，那鸡蛋煮得胖胖的，白白的，上面似乎汪层油，这时候，连汤水捞起，在汤水里加糖，一碗养油蛋就做成了。

那样的被优待，是很让我羡慕的。我对出痧子，竟十分十分向往起来。我想着，等我出痧子了，我要顿顿吃养油蛋，也要顿顿吃红糖泡馓子和泡脆饼。我也要戴着那顶艳艳的红布帽子。若有人路过我家门口，我就假装着要出去，探出头来，好让那人看见我头上戴的那顶红布帽子。然后，听那人笑着问我妈：啊，你家梅丫头出痧子啦？

这样的场景，我想想就很激动。

我也真的出痧子了，然却连续的高烧不退。我躺在床上，浑身滚烫，迷迷糊糊。我爸请了赤脚医生来，赤脚医生量量我的体温，把把我的脉，说：这倒是奇怪了，没有哪个孩子出痧子会发这么高的烧的，你们怕是要送她到镇上去看看。

赤脚医生给我打了一针，开了些药。临走时，他还是建议，若再不退烧，就要送镇上去了。我爸答应了，去外面借拖车，准备把我拖去镇上。我妈和我奶奶，却在一旁嘀咕开了，她们说我的病生得蹊跷。一定是撞上什么东西了，我奶奶肯定地说。我妈附和道：一定是。两个素日不合的人，竟难得的亲善和睦起来。我奶奶说：去找瞎子掐掐命吧。我妈立即表示赞同，说：走吧。

当夜，她们结伴着走夜路，敲开刘半仙家的门，给我算了命。

从刘半仙家回来后，我妈和我奶奶的脸上，都有了笑容。她们告诉我爸：我们就说梅丫头肯定是撞上什么东西了，果然不假，她在三中沟，撞上一个讨债鬼了。我爸是个文化人，自然不肯信这个。但他拏不过两个女人，只得由她们折腾。我奶奶把一道符，塞在我枕下。我妈叠了不少纸钱，跑去三中沟边烧了。她们做完这些，天也就大亮了，我的烧，竟慢慢退了。

我爸说是打了针吃了药的缘故。但我妈和我奶奶都坚持，是瞎子算命灵验。

那天夜里，刘半仙还对我妈和我奶奶说了什么呢？我不得而知。这促使我后来一直想揭开这个谜底，我想知道我的命到底是怎样的。

我和一马姓、一戴姓小女生，结伴着去找刘半仙算命。

之前我们商量了好些回，我们都想知道自己的命是怎样的。

算一个命要一毛钱。那时的一毛钱可以买到五只烧饼吃。我们积攒了好些日子，才积攒到这一毛巨款。

放学了，我们三个磨磨蹭蹭，留到最后走。我也没心思采花了，三个人走走停停，停停走走，走老半天，才走到刘半仙家门口。却害羞了，也有些害怕，像做贼似的，说不上的。我们假装去看他家的花，蹲在一丛鸡冠花跟前，眼睛却瞟着他家的大门。他的孙子，一个猴精猴精的小男孩，突然从外面玩耍归来，滚了一身的泥，他眨巴着两只大眼睛看看我们，抬头冲着屋内就叫：爷爷，有人找你算命来了。

我们完全没提防，吓一跳，正不知所措着，只听得屋内咳嗽一声，刘半仙沙哑的声音响起：进来吧，这会儿不忙哩。

刘半仙还坐在他那圈半明半暗的光线里，瘦小干瘪。他脸朝着窗户，眼睛眯成一条缝，努力想看清什么似的。他让我们一一报上生辰后，就开始掐着他那柴火般的手指头，嘴里念着子丑寅卯辰巳午未申酉戌亥……给我们算起命来。我们都敛了呼吸，静静看着他的嘴唇。他的嘴唇有些泛黑，微微颤动，那声音就从那颤动之中，传了出来，喁喁的，听不分明。

　　那日时光漫长，黄昏的橘粉，趴在刘半仙家西厢房的窗台上，迟迟没有动身。刘半仙具体说了些什么，我不大记得清了，只记得他说我们都生了一副好命，将来不愁吃不愁穿。说马姓女生将来的婆家会很远。戴姓女生将来会很有钱。至于我，他说：你将来会金榜题名的。

　　从刘半仙家出来后，我和戴姓女生都很高兴，只有马姓女生愁着，愁她将来会嫁得很远。我和戴姓女生忙安慰她，到时，我们去看你。

　　三个小女生的未来，就这么繁花锦绣起来。

　　到我念五年级的时候，戴姓女生却因生了一场肺炎，意外离开人世。成年后，马姓女生嫁得并不远，就嫁在本村。倒是我，常常走南闯北的，离家越来越远。

　　这年，刘半仙的家出了些变故，先是夏天的时候，他那个猴精猴精的小孙子，在门口的三中沟里，溺水身亡。冬天的时候，他家又失了场大火，三间瓦道檐，烧得只剩下黑黑的砖和瓦了。

吾村人你家捐点财物，我家捐点财物，很快又帮他家搭建了三间屋子。刘半仙也还操着他的老本行，给村人们算命。吾村人对他，也还是相信着。

　　生命之外，总有些敬畏存在的。

金　婚

四个儿女，个个出息，她吃再多的苦，也甘之如饴。

好多天前，他就兴致勃勃地和她谋划着，怎么度过属于他们的金婚。"我们要好好庆祝庆祝。"他建议。她点头同意。婚姻五十年，多不容易。

她不懂什么金婚不金婚。他说到金，她来了精神，她说："你还没买过金的东西给我呢。"他豪爽地应："买，买，到那天，我一定买。"她便小女孩般地撒娇："那我要金戒指。我还要金手镯。我还要金耳环。"这些，是她企盼了一辈子的，村里的女人都有，就她没有。他统统答应："好。"她便笑了，脸上的皱纹，花瓣一样盛开着。

日子其实一直紧紧乎乎结结巴巴。他的家底薄，兄妹多，爹娘又过世得早，都是他这个长兄带大弟妹的。长嫂如母，她跟着他，真是一天好日子都没享过。

"好在我们的儿女争气。"他说。这是她的开心果，他一说到这个，她脸上的笑，就藏也藏不住地满溢出来。四个儿女，个个出息，她吃再多的苦，也甘之如饴。

"你是我们家的功臣啊。"他握着她青筋盘结的手，由衷地说。岁月的风，早已吸干她曾经的水灵饱满，她像块干涸的河床，裸露出苍白的筋骨。他看着她，有些哽咽。这么些年，要不是她的吃苦耐劳，勤劳坚韧，他们这个穷家，哪里撑得下来。他更感激她的是，她虽大字不识一个，却深明大义，硬是把子女一个一个培养成了大学生。

"你看，这一晃，你都73了。"他怜惜地拂去沾在她头发上的草屑。如果真有来世，下辈子他真想再娶到她。——他为自己的孩子气，笑了。

她打掉他的手，恼道："哪有73，才72好不好。"离过年尚有好几天，她离73便还远着。他赶紧称："是是是，才72的，咱不老。"

金婚的日子终于到了，他们这天没去地里干活，而是并排坐到屋檐下，商量着怎么庆祝。他们养的小黑狗很黏他们，绕着他们的脚跟转。他伸手驱赶："去去去，别在这儿添乱。"她拦住："来，五小，别听他的。"小黑狗高兴地跳起来舔她的手。她说："坐下。"小黑狗便听话地坐下了，仰着头，孩子一样地看着她。她摸摸小黑狗的头，叹道："还是五小好啊。"小黑狗是顺着儿女们排的，排行老五，叫"五小"，她给取的名。孩子

246

们大了，一个一个鸟一样地飞了，一年里难得见上几回面。她想他们。

"要不，让孩子们都回来，一家子热热闹闹的。"他说。

她想了想，拒绝："孩子们都忙，不要麻烦他们。"神情里，却是恋恋的，若是孩子们都能回来，那该多好啊。

他看出她的心思，当即拨通大女儿的电话。大女儿在镇上上班，离家最近。电话接通了，还没等他说话，大女儿就在电话里叫起苦来："爸，我这几天忙死了，轮到我上夜班，天天捞不到觉睡。"他把要到嘴边的话硬生生咽了回去，忙说："那你忙吧。"

他又拨通大儿子的电话。大儿子离得最远，在北方一所大学里教书。不过现在交通发达，坐高铁回家，也就两三个小时。这回他先说话了，他问大儿子："能不能回家一趟？"大儿子不解地说："爸，没几天就过年了，到时我一定回家的。"他坚持："要回你现在就回吧。"大儿子笑了："爸，你怎么跟个孩子似的，我现在哪里走得开，这几天都有会议要参加的。"他听着，默默扣了电话。

现在剩下二女儿和小儿子了。二女儿是记者，整天奔东走西，没个闲时，电话根本不用打。小儿子在县城，工作倒是轻松。他一个电话打过去，这回，他直奔主题，说："今天是我和你妈的金婚纪念日，你能不能回家？"

小儿子开始没回过神来，等明白过来，小儿子在电话那头哈哈乐了："爸，你这浪漫的，还金婚呢！我今天没空回去，要送小子去学英语的，你和妈就自己做点好吃的吧。"

小儿子嘴里的"小子"，是他们的小孙子虎子，小家伙念小学四年级了，聪明伶俐，成绩好得很。小儿子一提到小孙子，他和她赶紧说："孩子的学习要紧。"

搁下电话，他看看她，她看看他，无比的寂静寥落。他说："还是我带你出去逛逛吧。"他们一起坐公交车去县城，在路边的小吃食店里，他们各下了一碗肉酱面，庆祝金婚。吃完，他领她去逛商场。在金首饰柜台前，她痴痴看了半天，从金戒指看到金镯子。他豁出去了，掏钱准备给她买一只。她不肯，一只要好几千的，那是给孙儿们准备的压岁钱呢。

她后来在地摊上看到一款玛瑙戒指，才五块钱。他给她买下，戴上。她晃晃手指，他和她的脸，就在戒指里晃，模糊着，温暖着。

小恋情

这场小恋情，就像轻风拂过花蕊。然后，风有风的路要走，花有花的事要做，各自安好。

他是突然间喜欢上她的。

那日黄昏，放学了，天色已暗，他下楼，她也下楼，一群花枝招展的女生之中，她素朴得像一棵狗尾巴草。她不穿高跟鞋，不穿紧身裤，不佩戴挂件，头发拢在脑后，随意挽成一束，笑容轻浅。他的眼前，仿佛有小溪流过。

这是高二，被称为高考的跳跃阶段。学校的电喇叭里，天天强调，高一是起点，高二是奔跑，高三是冲刺。也三令五申说，中学生不许谈恋爱。

可是，春风来拂，谁能挡得住小草钻出地面、杨柳爆出新芽？他找着各种理由，接近那个小女生。他们相熟起来，互递着小纸条，说些生活中发生的小趣事，或小烦恼。各各取了一个奇奇怪怪的英文名，彼此称呼着。

他的日子，开始充满期待。每天一睁开眼，他就恨不得飞到学校去。他开始在乎起自己的外表来，每天停在镜子前的时间，明显变长。他不满意自己冒出的青春痘，期望能意外获得奇药，喝下去立马让他的皮肤变得光滑。他也不满意自己的身材，太瘦了。从前不喜吃的鸡蛋，他现在每天吃两只。从前不喜喝的牛奶，他现在每天都要喝上两大杯。他要养得壮壮的，好让小女生有安全感。

他一分一分积攒着零花钱，给小女生买巧克力吃。巧克力偷偷塞在小女生的桌肚里，当他看着她掏啊掏啊，掏出一脸的惊喜。他笑了，假装埋头读书。他也悄悄去车棚，把小女生骑的那辆粉色自行车，擦得锃亮。他还在她的车篓里，放上一朵丰腴的月季花。那是校园花坛里开得最好的花，为摘它，他被月季花的刺，刺得倒抽口凉气，然心里却乐开了花。

她生病，有几天便缺着课。他一下课就伏到教室外走廊的栏杆上，往校门口看，他想把她望来。她不在的那几日，他心神不宁，坐立不安，却抽空儿帮她整理好落下的听课笔记，一字一字，笔道刚劲，是从未有过的认真。

她说，喜欢成绩好的男生。他有一段日子，就非常非常地用功起来，成绩扶摇直上，搞得教他的老师都很惊讶，当众表扬他，要全班同学向他学习。他在心里偷偷笑，只有他知道，这都是为了她。

他约她看过一场电影。请她吃过一碗豆腐花。在教学楼的天台上，他们一起吹过风。甚至谈论过将来，将来，也是要在一起的，他不会变心，她也不会变心。

他们的交往，很隐蔽，像春风潜入花圃，像细雨丝飘落湖心。然到底还是让大人们给发现了，先是班主任找他和她严肃谈话，然后是各自的家长如临大敌，对他们严加看管起来。

他们明里答应，断了关系。暗地里，却写着小纸条联络。每天都要写上若干的纸条，写到最后无话时，他就画上一个"心"，或是"笑脸"，他想，她是懂的。在班主任和家长的眼皮子底下做这样的事，又紧张又刺激，他们简直有些迷恋这种感觉了。

随后，就进入高三了。换了班主任，家长也不那么看管他们了，他们的关系，却莫名其妙地冷淡下来。他们传递纸条的频率，越来越少，有时竟一个星期也不写一张了。

课后，他和一帮男生，呼啸着去打球，打完球跑回来，一头一身的汗。她和一帮女生，跑去小卖部买烤肠吃，吃得满嘴皆是油。楼梯口，他们相遇，他们有些诧异地看着对方，觉着很是陌生。他再看她，真的是个很一般的女生。她再看他，真的是个很一般的男生。

晚上，他们分别收到对方的纸条，上面竟写着同样的话："以后我们不要再传纸条了，我们还是学习吧，一心一意迎高考。"他笑了，把她曾经写的那些小纸条，用一个纸盒子装了，塞到床底下。她也笑了，做了同样的事。

这场小恋情，就像轻风拂过花蕊。然后，风有风的路要走，花有花的事要做，各自安好。

冬 葵

核桃般褶皱的脸上，漾着令人心动的温柔。

冬葵到药房当学徒的时候，时年 12 岁。

也是因为家穷，唯一的男丁，被父母硬生生送了来。什么活都做，掌柜一家人的衣服要洗。尿壶要倒。水要挑。柴要劈。饭要煮。还不时要去山上采草药，一个人顶着烈日，攀爬在悬崖峭壁上，忍受蛇虫侵扰。

冬天，窗上结着冰花，一朵朵，丰腴着。掌柜一家人还躺在温暖的被窝里，冬葵却要早早起来，院前院后打扫，伸了冻疮密布的手，擦冰花。动作慢了，掌柜会生气。肥头大耳的掌柜一个巴掌掴过来，会让冬葵眼冒金星，半天站不稳。

冬葵怕，度日如年。好不容易找了机会回一趟家，对着父母哭，说：哪怕饿死，也不要把我送去。父母反过来对着他哭，说：在家是等死啊娃。没有学徒不是这样的，熬出头来就好了。

娃啊，熬着吧。

父母的眼泪，把冬葵吓着了，他后来再没对父母哭过。他在药房里安下身，渐渐爱上那个地方。一天的忙碌过去，他有了属于自己的片刻安宁。虫鸣声若有似无地响在夜空里，铺盖卷静静倚在药房的柜台旁，他举着烛台，在一圈柠檬黄的光里面，踮起脚尖，偷偷打开红木柜子上一个一个暗红的抽屉。各种草木花朵好闻的气息，汹涌而出，很快将他淹没。

冬葵着了魔地喜欢上那些中草药，每一种，都有一个好听的名字。仙茅，白薇，连翘，沉香，茯苓，紫苏，——冬葵一一在嘴里念，念得心动。一天，他发现"冬葵"居然也是一味中草药，他实在太高兴了，抓了一小把冬葵子藏在身上，手不时悄悄触摸它，心底有隐秘的快乐在飞。

女孩红花的出现，让冬葵的世界春暖花开起来。这个时候，冬葵已在药房里当了五年差，长成一个瘦瘦高高的少年。他能准确地报出任何一味中草药的名字，抓药时全凭手感，几钱几两，分毫不差。

红花是来买药的。16岁的女孩，父母早亡，跟了哥嫂。哥嫂贪财，收了人家钱财，强行塞她进花轿，给一病重的老头冲喜。冬葵在她脸上读到深刻的忧伤，如夜色堆积般的。他的心，无端地弹跳起来，疼。他抓一把药，再抓一把药，包好，左右看看，飞快地对红花说：拿走吧，不要钱的。

红花看着他，"扑哧"一声笑了，两只细长的眼睛，弯成小月亮。她说：我带了钱呢。然后，在柜台上搁下一把银圆。冬葵的脸"腾"的红了，心却是愉悦的，因为，他看见她的笑。那一天，他看天，天美。看地，地好。肥头大耳的掌柜看过去，也没那么可憎了。

两个少年就这样相识了。一些夜晚，红花会趁老头睡熟了，偷偷跑出来，轻轻敲冬葵的窗。冬葵的心，立即欢喜得开了花。他举着烛台，领着红花，一一去辨认那些中草药。贫穷的两个少年，没什么可相赠，却有草药。他送她"冬葵子"，她赠他"红花"，彼此是贴近的两个。他说，将来有一天，他要开家药房，房前屋后都种上草红花和冬葵。她听着，眼睛亮起来，又黯淡下去。她的日子一片黑，她不知道会走向哪里。他安慰她：没事的，有我呢。

重病的老头终撒手而去，那家人要把红花卖了。红花惊慌失措跑来找冬葵。冬葵只觉得一股热血直冲大脑，他一把牵住红花的手，说：我们逃吧，我带你走。

半路上却被捉回。冬葵被打折了腿，整整一个冬天没能挪步。等到窗外的冰雪终于消融，枝条上缀满雀跃的小绒毛，冬葵却再也找不到红花了。那时恰逢兵荒马乱，一个人的消失，如同一粒尘的消失，无声无息。

掌柜后来暴死，冬葵成了药房的主人。他养成了爱种草红花和冬葵的习惯，日子里，总有红花白花不息地开。这一习惯到他成为爹，没有改。到他成为爷爷，没有改。晚年，他患上老年痴呆症，忘记了很多人很多事，甚至连他最疼爱的孙子站他跟前，他也不认得了，却喜欢种下一棵一棵的草红花和冬葵。在花盆里种。在院门前的花池里种。在他看到的所有的土里面种。人问他：老人家，你这是在种什么呀？他口齿清晰地答：草红花和冬葵呀。核桃般褶皱的脸上，漾着令人心动的温柔。一圈圈，如水波。

寻找王桂兰

沧海桑田，有时也不过是一二十年的事。

当年，我在老街上读高中，和王桂兰，还有另一个女生，关系最要好，几乎形影不离，有好吃的一起吃，有好穿的换了穿。其实，哪里有什么好吃的，无非是家里炒了几把蚕豆，或是祖母烧了一罐的咸菜。王桂兰的母亲会做酱，好吃的豆瓣酱，还有炒年糕，让我念念不忘。

"还有韭菜炒莴苣，我第一次在她家吃，好吃得要命。"另一个女生说。

我们同时笑了。味蕾的记忆是深刻的，长久的，没有一点欺骗性。

王桂兰的家在另一个乡镇，要路过许多的桥，许多的农田，还要在一个渡口守渡船。我们骑了很远的路去她家，把自行车架到渡船上，看一河的水，晃出许多碧绿的影子来。向晚的风，吹得漫漫的。

知道我们周末来，她妹妹撑了船过来接我们，她母亲早已在家里的锅台上忙乎开了。三间简易的平房里，飘荡着饭菜香。我们扑过去，也不管吃相，把她的母亲，当自家母亲，吃了再添，直吃得肚子撑圆了。

王桂兰比我们年长几岁，高中未念完，就辍学回家了。一说是因家里穷，一说是因要嫁人。那时，我正埋首在迎高考的复习中，关于她离开的细节，竟模糊成一团影，怎么努力去看，也看不清了。

我们在老同学中间发起一场寻人运动，寻找王桂兰。有在公安局工作的同学，利用职务便利，在公安内部网上查找，输入"王桂兰"，一下子跳出成千上万个。即使缩小了范围，缩小到她曾经生活过的乡镇，也有上百个。一一核对，不能确定。二十多年的面貌变化之大，有时是超出想象的。况且，二十多年的时间，什么样的状况都会发生。沧海桑田，有时也不过是一二十年的事。

这日深夜，我正把一篇写好的文档保存，就要关电脑去睡了。另一个女生的信息在 QQ 里突然跳出来，语无伦次的，她说："我找到啦！我找到了！"我打过去一个问号，她干脆拨来电话："我找到王桂兰了！"

原来，王桂兰并未远离，她嫁到了另一个村。

我们去寻她。车子一路往乡下开过去，满田满坡的油菜花已开过，残留着一小撮一小撮的黄。像小孩子作的画，颜料涂得歪歪扭扭，这里一块，那里一块，天真随意，却又是极美的。麦子抽穗，蚕豆结荚，丰收在望的样子。想着王桂兰在这样美丽的乡村住着，你耕田来我织布，也是好的吧。

一路不断寻问，终到达她所在的村。午后，家家闭门关户，门上落一把大锁。有的竟不落锁，随便一推，门就开了。屋旁种着蔬菜，肥绿水灵。羊在羊圈里，探出半个头来，好奇地打量我们。

村人们都在地里忙活，我们好不容易逮着一骑车路过的老人，向他寻问。老人警惕地看着我们，问："你们是什么人？找她做什么？"我们一时答不上来，只愣愣看着老人笑。老人大概觉得我们不像坏人，他松一口气，伸手一指，说："王桂兰离家十多年了，她婆婆在那块地里干活，你们可以去问问看。"

哪里呢？我们放眼望去，满眼的，都是葱茏。我们绕河绕沟，寻到地里。在忙活着的，都是些老人，警惕性却高得很，偏不肯告诉我们，谁是王桂兰的婆婆，他们说："现在外面的骗子多。"我又好气又好笑，拿了身份证告诉她们，我们不是骗子。

老人们哄一声笑开了，齐齐指着一个臂弯里挎草篮的老妇人，说："她就是王桂兰的婆婆。"婆婆起初还是有点不信我们，反复问："你们找她做什么？"我们一再回忆当年上学的情景，说起去王桂兰家要乘渡船，说起王桂兰家的炒年糕和莴苣炒韭菜。有人在一旁说："哎呀，看来真的是她同学，这么多年了还来找她做什么呀？"婆婆帮腔："同学就好比亲姊妹的。"

愣住，原来，我们这么兴兴地来找她，是为找当年丢失的一个姊妹啊。我们得知，当年王桂兰退学归家，的确是为完婚，好给贫穷的家里，减轻负担。所幸所嫁之人，相当勤恳，木工手艺精湛，待她也好。他们育有一儿一女，在东北开一家门市，生意做得很兴隆。

我留下电话。当晚，就接到王桂兰的来电，电话里反反复复只一句："这么多年，我不住地在想你们啊，你们去了哪里啊。"我的泪差点掉下来。

桃花红

所谓人间仙境婉转清扬，莫不是那样的了，有艳阳照着，有桃花开着，有人在走着。

我家为什么不长桃树呢？这个简单的问题，几乎困扰了我的整个童年。

家前屋后，地方宽敞得很，栽一两棵桃树，完全是游刃有余的事，却偏偏没有。问过我爸，我爸说：那时，饭都不得到嘴了，哪有那闲心情栽桃树。

说的也是。穷家里，整日里为温饱奔波，桃犹如仙盘中的物，是沾不了人间烟火，当不了饭吃的。

却有人家长着桃树的。院前，或是屋后。最惹眼的是春暖花开时，一树的桃花，红粉艳丽，像仙女舞霓裳。衬得树下走着的人，如在画中走着。寻常茅舍，也全变成画里的了。村庄安稳，世事静好。所谓人间仙境婉转清扬，莫不是那样的了，

261

有艳阳照着，有桃花开着，有人在走着。

桃树挂果时，逗引得我们小孩子肚子里的馋虫，不舍昼夜地爬着。我们日日仰头望向那棵桃树，粒粒青果，在我们的仰望中，渐渐长大了，饱满了，欢实了。但到底是人家的树，再怎么望，也只能是"望梅止渴"。

我姐领着我偷过一两回桃。那种惊险，是不消说的，惹得狗叫人追的。好不容易偷摘到一只，我姐和我，一人一口，分着吃了。那是我吃过的最甜的桃。此后的数年间，我吃过无数的桃，有人曾带给我无锡惠山的水蜜桃，个大，绿皮红嘴，水灵灵的，却都不及我小时吃过的那只桃甜。

我和我姐坐在田埂上，桃子的汁液，仍留在唇齿间，甜甜蜜蜜的。晚霞布满了村庄上空，鸟雀喧闹着从头顶上飞过，我姐望着西边天说：长大了，我一定要嫁给长桃树的人家。

我深以为然，拼命点头，跟着她后面向往。

黑辫子家也长有一棵桃树的。

就让我叫她"黑辫子"吧，我是不知道她的名字的。

吾村下设八个生产队，各生产队之间，往来不多，虽是同村，见面未必相识。我家在四队，黑辫子家在二队，且她比我大很多，不是同代人。

我上村小学，是要从黑辫子家门前经过的。那里两排房子，一家挨着一家，一律的茅舍，鸡犬相安无事。一条小路，东西横亘，小蛇一样的，从两排房子中间穿过。路旁杂草野花随意生长，有的都跑到路上来了。也长树，槐树或是苦楝树，全无规则地长着。上学的路上，我从不寂寞，踩着花的影子草的影子树的影子，一家一家看过去。

黑辫子是什么时候吸引我注意的，我记不清了。记忆里，是那样水粉艳阳的天，她家门口的桃花，开得轻舞飞扬，云蒸霞蔚。我从那里走过，看着一树的花，很是惊异。美有时是让人惊慌的。怎么可以，怎么可以那样！我虽是小孩，被这样的美突然撞了一下，也是吃惊得很的。

然后，我就看到了黑辫子。我从那里走过无数次，却是头一回看到她。她的人，比桃花更令我惊异。她个子高高的，穿一件红格子外套，脸庞圆润，眼神清亮。应该新洗过头发吧，她长长的黑发如瀑，披散着，手里抓把木梳子，站到一树的桃花下，开始梳头发，一边梳，一边扭头和屋内的人说话。她整个的人，仿佛罩着水粉，是柔风吹皱春水，叫人生生地陷进去，只管傻傻地看着，不知道怎么办才好。

她很快辫好长发，一条粗黑的长辫子搁在胸前，花影飘拂，她好比是万千朵花镶成的一个人。她发现了呆站在那里的我，冲我笑了一下，进屋去了。一地的红粉艳阳，也被她带进屋子里去了。

我变得爱走那条小路，每天四趟。

走到黑辫子家门口时，我总慢慢磨蹭着，对着黑辫子家东张西望，是想看到黑辫子的。黑辫子有时在家，有时不在。我看见过她妈妈，很矮小的一个妇人，上了年纪，我该叫奶奶。她哥哥长得矮壮，跟她完全是两个样子。她嫂子瘦瘦的，高颧骨，面相看上去有些凶。她哥哥有两个小孩，一个女孩，一个男孩。女孩比我略小些，男孩跟我姐差不多大。男孩有次可能犯了什么错，被她哥哥捉住打，哇哇乱叫着。

黑辫子在家时，我偶尔还会见到她梳长头发，站在门口的桃树下。长头发被她编成一条粗黑的长辫子，搁在胸前，或垂在脑后。她的人，是比桃花还艳的。也见她蹲在门口洗衣裳，袖子挽得高高的，露出小麦色的肌肤。我还见她担水归来，两只水桶，在她的身前身后晃晃悠悠，她不像是在挑水，像是在跳舞。我还听见过她教小女孩唱歌，坐在桃树下，一句一句，声音温柔清甜。她还陪小女孩在家门口跳绳玩，笑声金豆子似的，坠落一地。

我羡慕过那个小女孩，她可以天天跟黑辫子在一起。我心里生出愿望，我长大了，要长成黑辫子的样子，梳黑黑的长辫子。把袖子挽得高高的，洗衣裳。我也唱歌，也挑水，让水桶在我的扁担上晃晃悠悠。

我还要栽一棵桃树，让它开一树艳粉的花。

那日放学，我照例走过黑辫子家门口。

远远看到一堆人聚在那儿，乱哄哄的，气氛怪异。还有人在不断地往这边跑，边跑边搭着话："什么时候的事？"

"也就刚刚。"

"怎么知道的？"

"她妈妈去地里挑羊草回来，发现家里的门被从里面反锁了。"

"唉。"问的人叹息。

"唉。"答的人叹息。

我从人缝里挤进去，眼前暗暗沉沉，天光被遮住了似的，一条粗黑的长辫子，却那么显目，从门板上垂下来。门板上躺着的，竟是黑辫子，她紧闭着双眼，一动不动，任周围人声鼎沸。村里的赤脚医生也在，他把粗粗的针头，扎进黑辫子的胳膊里。

关于黑辫子上吊自杀的事，很快在村子里风传开来。说她看上了一个青年，两个人私下里要好，她嫂子却硬把她许配给一个做木匠的瘸子，并且收了木匠家的彩礼钱，给自己娘家的兄弟娶老婆。黑辫子不同意，早上起来，跟她嫂子大吵了一架，一时想不开，就上吊了。

她那个高颧骨的嫂子，大概听到村里人的风言风语了，叉着腰，在家门口跳着脚骂："哪个瞎嚼舌头的在嚼舌头？不得好死！"

那个时候，她家门前的桃花谢得差不多了，一地残红。春已走到尾声了。

265

黑辫子被救活了。

被救活了的黑辫子，却失掉往日的灵气，变得痴痴呆呆。

我上学，还从她家门口过，每日四趟。也总会看到她，站在门口的桃树下。她不再拿着木梳子梳头发，把长发辫成一条粗黑的长辫子，而是呆呆望着一处虚无，傻傻地笑。有时，她会跑到路口来，拍着手跳着唱歌。

她粗黑的长辫子很快被铰掉了。

她的衣裳，变得又破又脏。

她趿着一双破布鞋，追着人跑，首如飞蓬。

大人们开始叮嘱家里的小孩：不要从二队那个疯子家门口走，疯子是要打人的。我也被大人们这样反复叮嘱。

我很听话，虽有千般好奇万般不舍，再去上学，却也绕路而走。

年年的桃花仍如约而开，还是那般红粉明艳，婉转清扬。一个村庄，被三五棵桃花点缀着，像荡在云霞中。

第七辑
跟着一只蝴蝶走

生活的热爱，应该是它们
共同的语言和灵魂的密码，
只消一个眼神，便能成为
相知，又哪里会有疏离和
隔膜？

枫泾虫鸣

时间会证明给人类看的，江山最后谁也不属于，江山只属于它自己。

江南的古镇，是离不开水的。枫泾古镇也不例外。周围水网密布，河道纵横。窄的地方，两岸树木能握手畅叙。宽的地方，可供十只八只小舟并驾嬉戏。水多，桥必多。说"三步两座桥，一望十条港"有点夸张了，十步一桥，那是差不离的。多，多达52座。或平或拱，或弯或曲，多为石头或青砖垒成，绿苔暗生，树木掩映。它们是古镇的骨架子，把一座古镇千百年的风情，给撑了起来。

市河算是古镇最主要的一条河流，贯穿南北。有人也叫它"枫泾河"。这个名字听起来更有意蕴，枫树成溪成泾，该多美。枫树我倒没见着几棵，或许有。一棵粗大的合欢树，撑在竹行桥的桥头，枝条俯身下来，几乎要匍匐到桥栏杆上去了。

时序已近仲秋，合欢花们还如朝云般的，在枝头欢欢地开着，载歌载舞。

古镇当年的繁华，应聚集在这条河上。两岸人家的房子，和风雨长廊，都傍河而建。有意思的是，它们不是相向而建，而是这岸的人家面河，那岸的人家枕河。随便挑一处长廊坐下，喝点什么，或什么也不喝，就那么闲闲地望着对岸枕河人家。那真正是铺开的水墨画卷呀，仿佛谁在宣纸上，那么漫不经心地勾勒着，淡几笔，粉墙出来了；浓几笔，黛瓦出来了。然后，骑楼、勾栏、重檐、亭阁，一一都出来了。木格窗半开着。有后门可供出入，层层石级下到河沿，散漫中，透出匠心。植物们也都秀眉秀眼着，铜钱草，或是太阳花，或是小朵的海棠，或是绿萝，搁在窗台上，或吊挂在墙上。我想起王勃在《滕王阁序》里的描述："披绣闼，俯雕甍。"觉得应用到这里来，也很贴切。眼前之景，虽没有滕王阁那样的精美华丽，却也是端丽可人的。这样的地方，适合缓缓看，缓缓归。

还是这条河。当年吴、越两国，曾在此河上立界，南归越，北归吴。我穿过界河时，想自己一只脚踩在吴国的领地上，另一只脚已跨到越国的家门口了，我如此轻松地一越，千百年前的人们，不知因此流过多少的血泪呢！人是顶顶奇怪的生物，占有欲极强，总喜欢霸占本不属于自己的东西。比如说，争江山。时间会证明给人类看的，江山最后谁也不属于，江山只属于它自己。

老百姓的日子却是家常着的，风雨不动安如山。小巷连着里弄，木门木窗青石板，抬头仰望，是一线天空。昔日的老房子里，生活还是生活，阿婆们就着一方长桶，剥着新收上来的菱角。做芡实糕的女子，裹在一团香雾中。有妇人手指飞速翻转，她的手边，已垒着一堆包好的粽子。有年轻妈妈抱着牙牙学语的小娃，坐在屋檐下，一遍遍教小娃叫：妈，妈。奶声里，就有了一声声：妈，妈。听得人心里软，继而眼睛湿润。再难懂的方言，一声"妈"，却几无分别。裁缝铺里，忙得很，布料子红红绿绿堆着，老裁缝拿着皮尺，在给人量尺寸。有丝瓜花和扁豆花，攀爬在人家屋檐上，安安静静开着。

晚上，在河边坐定，叫上三五个家常菜，慢慢吃。两岸的红灯笼，倒映在河里，一河的水，都变得妩媚起来。风轻轻吹着，耳边有吴侬软语响着。一时间恍惚，我是来看这灯光的吗？是来看这黛瓦粉墙的吗？是来寻访古桥、寺庙和牌坊的吗？都是。然我似乎还在期待着什么。

八九点的时候，老街上的灯光，一盏一盏熄了。木板门"咔嗒""咔嗒"上了闩。我走在深巷里，只听见我的脚步声在响，星星们亮在头顶上。突然，有虫鸣的声音，传了过来，从那幽暗的里弄深巷处。起初也只是一两声，瞿瞿，瞿瞿。清脆、空灵。接着声音多起来，唧唧，吱吱，蝈蝈，这里，那里，千万只虫子叫起来，共奏一段小夜曲。我循着虫声找去，它们伏在哪片黛瓦上呢，或是躲在哪块青石板下呢？或者，就在那一丛

271

扁豆花里，在那一蓬丝瓜花中。或者，就在那石槽供养着的铜钱草和晚荷中。

一个古镇，淹没在虫鸣声中。夜，夜得相当纯粹，再无别的声响。

山　趣

人的喜欢，是没道理可讲的，弱水三千，只取一瓢。

清晨五点多醒来，有小雨点轻敲窗棂，晨曦已一点一点泄漏了雨的秘密，用不了多久，天光会大亮。山下的抚仙湖，仍在睡梦中。

与昨日黄昏下的活泼截然两样，此刻的抚仙湖，看上去安宁、安详，豆花般的呼吸。天地一片葱茏。

昨日黄昏，我刚在客栈入住，客栈老板就竭力游说我，快去湖边走走啊，去看看这里的水啊，水清得很，可以直接捧起来喝。

他没有夸大，我确确实实见到了最清澈的湖水，近看透明，远看似玉，水下轻沙粒粒可数，古人称之"琉璃万顷"。在气势上，它却不输大海，浪花前翻后涌，奔着岸边的礁石而来，涛声雄浑。有新娘立在一块礁石上拍婚纱照，她一袭白纱，配了

273

那碧玉般的浩荡的湖水，不像在人间。

湖边有茅草，有芦苇，有木蓝和蒲儿根，还有形象美丽的树，树上结满红果子。问一当地在垂钓的人，这是什么树？那人正独坐一块礁石上，垂钓半天了，也未曾见他钓上什么来。他不急，就那么一会儿看看水，一会儿望望对岸的山，我以为，他在钓湖光山色。那人瞟一眼他身后的树，道：红果子树。我笑了。后来我查询得知，它叫"清香木"。想起垂钓之人说的"红果子树"，我又忍不住微笑了。

山上的小村也还在睡梦中。抚仙湖在这里，描出一个小湾，形似舌头，上面树木翁郁，烟火粒粒。

那只打鸣的鸡呢？那只兴奋得跳上跳下的狗呢？倒伏的树桩上，坐着两个汉子，他们吸着烟，望着山下，不说话，也十分动人。他们的背后，仙人掌像树一样生长着。

山是自有生趣的。

比如，它想长牵牛花，就长牵牛花。想长灰灰菜，就长灰灰菜。想结野梨野桃子，就结野梨野桃子。想把一些小雨点变成蘑菇，就变成蘑菇。想让石头变得千奇百怪，就让石头变得千奇百怪。一块巨石形似乌龟，蹲伏在山路旁，小湾村的人敬它为神，在它旁边烧香祈福。

每座山上都有神，小湾村的人如是说。

唔，我点头。这个神可能是一棵树。也可能是一块石头。也可能就是山的本身。许多的山，都是寿与天齐的。

我跟客栈老板聊这座山。客栈老板不是本地人，他是从四川过来的，租了村民的房，改造成客栈。坐在他家客栈露台上，视线稍稍落下，就能看到下面碧玉一样的抚仙湖。

我问他：怎么想到到这座山上来的？

他笑答：随缘呗。

几年前，他偶然来这里，遇见这山这湖，就喜欢上了。天下名山大川也多，但对他来说，再也没有什么地方，比这里更好了。

人的喜欢，是没道理可讲的，弱水三千，只取一瓢。他把客栈布置得花草喷香，竹影扶疏，用来安放他，也安放一些远来的客人。湖光山色最养人，他说。

我羡慕得很了，独自往山里面去。牵牛花在草丛中，咧开鲜艳的紫色的唇。野杏子树上，结满了野杏子。我摘一颗野杏子吃，想山不会怪罪的，野杏子鸟吃得，人也吃得。还有野梨野桃子野葡萄，还有些小黄花小红花，都是生机盎然的。野韭菜花开得那么好看，铺成一片小花海，简直要拿瓷瓶子供着才好。有坟墓没在那野草野花中，让我驻足许久。什么叫芸芸众生？什么叫生生不息？山给出了最好的答案。

我把一颗野杏子的核，埋进土里。我想，来年它会长出一棵杏树来的。一定的。

那棵金桂

再俗世庸常的日子，有了它，也让人生出无限的惦念和向往。

这会儿，我又想到那棵金桂。

金桂在一条老街上，老街在古镇安丰。

我们一行人去拜谒古镇。看过了保存比较完好的清代建筑鲍氏大楼。看过了照墙、瓦当和雕花的木格窗。看过了一口据说是唐时留下的古井。

然后，我们走上老街古旧的石板路，看两边的房。房有些是翻新的。有些正在整修中。还有些以本来面目存在着，明代的，或清代的，木门木窗都呈炭褐色，仿佛火烤过似的。——老街的确很老了。

可是，它到底有多老呢？倘若你存了疑问，寻问当地人，当地人会这么回答你：我祖上的祖上，就住在这里呀。

他一边答你的话，一边给一盆海棠花浇水。院落深深，似乎千百年来无有改变。靠院墙摆放着众多的花花草草，瓦盆瓷盆，泥缸泥罐，甚至从前的尿壶，都被种上了。一缸的睡莲，撑着肥圆的绿叶子，绿波流转。一朵粉艳的花，躲在叶下面，只露出小半张脸，俏皮着，仿佛在窃笑。惹得我们举起相机，围着它拍了又拍。

有老妇人在老屋檐下剥黄豆。她只是抬头笑笑地看着来人，不惊不诧。久远的岁月走到她这里，已波平浪静。

我们回她一个笑，退出院落去，继续前行。脚步轻轻，听不见声响，可历史千万重回声，分明在脚下汹涌澎湃。一块一块褐黄色的石板，被时光之手，雕琢得仄仄平平，如宋词一阕阕。当年，古镇煮海为盐，傍镇而流的串场河上，舟楫往来，熙攘纷繁。盐商们从这里运盐出去，回时船空，装上石板压船。一次次，竟在这里铺出一条七里长街。

明代哲学家王艮是从这里走出去的。

清代布衣诗人吴嘉纪是从这里走出去的。

他山之石，可以攻玉。——不知怎的，我想起《诗经》中的这一句，对着脚下的黄石板，我发了一会儿呆。再抬头，猛然与一树蓬勃的绿相逢。

那真叫蓬勃，一棵树，独独的一棵，站在荒芜之中。看不见树枝树干，只有叶的绿。绿叠着绿，绿挽着绿，绿抱着绿，神采昂扬。它的前面是一幢老房子，它的身后还是一幢老房子，都破败得很，无人居住。断壁残垣处，野草肆意。想当年那一定是一个四合院，日暖风轻，人丁兴旺。街上整日热闹沸腾，各种叫卖声，不时地穿庭入户，撞进小院来。院内的孩子坐不住了，缠着小脚的老祖母，去买桂花糕。去买糖人。去买麦芽糖，还有五香蚕豆。

那么，这棵绿，又是什么时候栽下的？它在谁的守望中，一天一天长高。又在谁的注视中，早也青绿，晚也青绿。它见证了一些岁月的轮回，几页繁华，又几页凋落，世事终敌不过的，是时间。我们站定，对着它愣愣地看，就听到有当地人在身后笑说：那是棵金桂，好些年了。

心生欢喜，原来是它！花开时节，一簇簇金黄的小花，一定缀满枝丫。整个老街，都溢着它的香吧？出门去，香送出门。进门来，香迎进门。一年又一年。再俗世庸常的日子，有了它，也让人生出无限的惦念和向往。

我唯愿下次再去老街时，它依然还在那里，坚守着它的坚守，蓬勃着它的蓬勃。

桃花时光

人生也短，我们不要再错过。

陡然间见到桃花开，我想起多年前的龙冈。

龙冈是盐都下属的一个小镇，有上千亩桃园。春天的暖阳一照，上万株的桃花，齐齐鼓着小嘴儿，怒放了。那景象，端的是一个瑶池仙境落凡尘。我对那人说："我要去龙冈看桃花。"他奇怪："我们这里也有桃花可看啊。"我说："不一样的。"我没告诉他理由，不只因为那里有成片的桃花可看，还因为，我的青春曾在那里停留。

那年，一宿舍十个女生，架不住外面的春光招摇，不知经谁撺掇，相约着去龙冈看桃花。于是乎，呼啦啦都涌了去。也不识路，一任公交车领着我们，一路哐啷哐啷出了城。都是素面朝天着一张脸，却愣是让周围人的眼光，聚焦到我们身上，艳羡地看着我们。那是青春自有的光彩，远着胭脂水粉，天然去雕饰。

　　有人到底忍不住了，问："孩子们，你们这是去哪啊？"我们齐齐答："去龙冈看桃花呢。"言语之下，是说不出的优越。那个时候，能那么无所事事规模浩大地去看桃花的，怕只有我们了。人们就宽容地笑，微微颔首道："龙冈的桃园多，够你们看的。"

　　果真的多。我们人还未到近前，铺天盖地的桃粉嫣红，已不由分说扑过来。我们跳进去，人迅捷被花树掩埋。桃园到底有多大？我们踮起脚尖，也没有看到它的边。到处是红粉乱溅，四面漫开去，漫开去，如烟似霭，聚成山，聚成峦，起起伏伏。抬头，低头，侧身，转身，相遇到的，除了花，还是花。累累的，朵朵清纯。我们在桃花丛中跳着叫着，每个人的脸上，都有无数桃花的影子在荡漾，平日见惯了的一张脸，竟变得格外动人。我们相互看着，情不自禁拥抱成一团，信誓旦旦着说："不管将来到了哪里，我们都要永远记住今天的桃花。"

　　多年后，我们早已天各一方，音讯疏离。年轻时再深刻的誓言，原是当不得真的。可记忆分明清晰地在着，一下一下拨动着心弦。我一刻也坐不住了，和那人立即出发去龙冈。我在车子上放上了水和面包，是打算在那儿好好温故一番的。

　　天是十分架势的晴，阳光金箔儿似的，镶嵌得到处都是。沿途的颜色十分可人，麦苗绿，菜花黄。若遇水，水边垂柳依依，再傍着一河两岸的菜花，那景，就像谁摊开了巨幅水彩画。还是不识路，只能凭着从前的印象，出了盐城，顺着路开，越开越疑惑，怎么还没到？停车问人，才知，我们早就开过去了。不着急，笑嘻嘻掉转车头，继续开。我两眼盯着窗外，欢喜得很。春天里赏景，其实根本无须目的地，逮哪儿是哪儿，即便再偏僻荒芜的地方，也一样有着叶绿花开。

我们就这么不急不慌的，边走边看，终于寻到龙冈镇。修车的铺子前，几个男人正闲闲地坐着。我们去问路，怕人家听不懂，还特别做着手势形容："就是有很多很多桃花的地方啊。"男人们没有表现出惊奇，淡淡说："哦，是看桃花的啊。"他们伸手一指："呶，你们往那边去就是了。"

我们顺着他们手指的方向，出镇子。途中又问一妇人，她同样没有惊奇，伸手一指："呶，那边。"扭头去看，我有些发怔，哪里还有记忆中的万亩桃园！零星的一抹红，被一道铁丝网圈着，美其名曰：桃花源。已被辟为旅游景区。

我们买了门票进去。园内有河有桥，有曲折的走廊。新植桃树，不过数十棵。稍稍一打眼，也就望遍了。我不死心，一棵树一棵树地数着看。树不是从前的树了，花朵却固守着从前的样子，朵朵清纯，红粉乱溅。我心里悄悄生出一个打算，这次回去，我要一一找到昔日的同学，告诉她们，我去龙冈看过桃花了。人生也短，我们不要再错过。

几个女孩携手而来。她们不嫌花少，倚着一树的花，旁若无人地摆出各种姿态拍照。青春的脸上，飞扬着明媚青嫩的笑，怎么样，都是好看的。我站定看她们，想着，这是她们的桃花时光呢，多年后，忆起时，心头，会缓缓升起莫名的暖意和感动吧。

美丽的"情郎"

　　我们有太多的话，说不出来。

　　夜宿林芝。一夜雨敲窗棂。

　　晨起，雨歇。山上云雾腾起，隐约露出点点绿意。莹莹积雪，已分辨不清，它与云雾交融在一起。或许，云雾就是它变幻出来的，游玩戏耍一阵。它骗了我们的眼睛，它远不是望上去的那么冷艳。

　　到林芝的人，南伊沟是必去的，它是神秘的藏医药文化的发源地，有"藏地药王谷"之称。沟内动植物资源保存完好，被誉为"地球上最高的绿色秘境"。我和那人五年前曾前往游历过，这次，这一处就忽略了。

　　也没再去瞻仰南迦巴瓦峰。在途中遇见一些去过的驴友，他们很泄气地告诉我们：唉，被云雾遮了，等了半天，也没看到南迦巴瓦峰的真面容。我暗暗庆幸得意，我可是清清楚楚仰望到过南迦巴瓦峰的，它恰似一个美丽的少女，眉目清秀地端坐在云端里。

我们选择去巴松错。西藏的"错"多，寻常得一如江南的老街、小巷和池塘。哪一个"错"，都美若珍宝。就像江南的哪一条老巷子里，都有青石板路；哪一个池塘里，都掉落着星星和月亮，也都长着菱和藕。

然"错"与"错"，又各有各的风姿风情，有的含蓄内敛，有的奔放豪迈，有的多情，有的多意。巴松错多情，人称之"美丽的情郎"，在藏语中，它的意思是"绿色的水"。

我们一路行去，美丽的尼羊河一直相伴在身侧。河边有小森林、草地、小木屋，不时晃过一片菜花黄。天空不高远了，它就歇在一座山的上头。

进入山谷。林荫道弯弯曲曲上上下下，农庄就在路边，花斑点点的奶牛，散落在青草地上。小黑猪在路上晃晃荡荡，边走边嗅。背着竹篓的妇人，往着云雾飘荡的山里去。

到巴松错景区。几无游人，我们买票进去，坐上景区的车，等半天，才上来三个男人。也不着急，眼睛随便往一处看去，都是美。雪峰顶上的云雾，变轻了，飞上天空，变成白云朵了。太阳出来，光芒万丈，天空又现出明净来。

第一站，直抵湖心岛。岛有个名字叫"扎西"，小巧得很，如一蓬青菜，盛在湛蓝湛蓝的盘子里。岛上有建于唐代末年的错宗工巴寺，两层土木结构，殿内供莲花生大师。进去参观，一次最多能容纳二三十人。我套上鞋套，走进去，屏声静气观望。我喜欢墙上挂的唐卡，色彩艳丽，人物丰满。我站那里凝望良久，我喜欢丰满的事物，给人敦厚慈祥的感觉。寺前一棵连理树，是桃和松，不知哪年哪岁，它们长着长着，就缠绵在一起，再分不开了。关于它们，有古老的传说，我没去打听，我想保留着这份神秘，待日后慢慢回想。

站岛上，可远观雪山。湖水厚棱棱的，像匹上好的蓝绿缎子。风吹着凉，深吸一口，甜的。人的灵魂似乎要出窍了。

乘车去结巴村。那是个掩映在大山深处的自然村落。

车也不知行了多久，树木从窗外唰唰而过，透过树木间隙，可以看到一侧的湖水，似蓝眼睛般的迅速地一闪。我知道，我们一直跟着湖在走。然后，车子开到一个空旷处了，周边全是五彩缤纷的房子，结巴村到了。

村子袖珍得很，从村头，跑到村尾，绝对用不了一杯茶的工夫。"结巴"，在藏语中的意思是"一个未被发现的地方"，那是指它的曾经。现在，旅游业发展起来，这里的藏人，渐渐的，也汇入到这股潮流中来，家家门前都挂起了家庭宾馆的牌子。房子装饰得绚丽多彩，一律以木头盖顶。

有老人走过，手里持着转经筒，不停地转啊转。一老妇与一老翁坐在闭紧的大门口，身旁卧着一头像狗一样的小猪。老翁一手一串念珠，一手握着转经筒。他们并不说话，只默默望着门前的路，望着村子后的神山，或什么也没望，让眼光，就那么放养在一段虚空中，他们静好在他们的岁月里。我们走过，他们便一齐望向我们。

有个小小的当地女孩，迎面而来，她边跑边跳。几头头白尾巴白肚子白而其余皆黑的牛，排着队，从一幢一幢寂静的房子前走过。我跟小女孩打招呼：嗨，你好宝贝！那小姑娘吃了一惊，她止住脚步，愣愣望着我，但很快反应过来，冲我绽放出一朵笑，说：你好。

村子里建有观景台，站观景台上，一个村落，和村子后面的巴松错湖，和湖对面的雪山，就像一幅巨大的画卷，尽收眼底，美不胜收。

我和那人不满足只在观景台上远观，我们穿村而过，绕到村子后面去，翻过一紧锁的小铁门（得到当地人许可），沿着有收割机曾走过的田间小路，向湖边走去。小路旁多刺的植物，不时偷袭我们，脚被划破了，衣服被划破了，顾不得的。也见满地小花，各有各的俏模样，它们就那么开着，开在无人地。小麦尚青，蒲公英星星点点。湖边的巨柏上，缠满经幡。湖边堆满石头，垒起的玛尼堆，一座座。

我就站在湖边了，脚能碰着湖水了。有好一刻，我无法呼吸。我被眼前的大美震慑住灵魂，我不敢动弹，我怕一动弹，这梦境，就碎了。

我见过湖水之蓝，却没见过如此之蓝的，就像是泼了一湖的蓝颜料啊。又是如此清澈，微波不兴，如镜。天空、云朵和雪山，悉数被它兜着，丝毫不走样，在湖里面描出另一个天空、另一些云朵、另一些雪山来。这是午后，天空中的雾气早已散去，白云如丝如缕，缠绕在对面的雪山上头。晶莹的雪峰望上去，像银塔，耸立云端。

没有人，除了我们两个。我们站着，不说话，静静的，对着这面湖，对着那犹如银塔似的雪峰。我们有太多的话，说不出来。想哭。

我也堆了个小小的玛尼堆。我不会诵经文，但我的心意，我想说的话，都融在那一块一块小石头中了。

天色将晚，不得不走。我们慢慢往回走，那人低着头，看着脚下，突然伤感地说：我不敢回头，我怕我舍不得。我轻轻答：我也是。我们硬着心肠，就那样，一步一步往前走，不回头。一回头，我怕我的眼泪会夺眶而出。

李哥的桃花源

人生中，有多少的遇见，都不可再来。

"波密"在藏语里，是"祖宗"的意思。真霸气！

县城所在地，扎木镇。

小街上全是宾馆客栈。我们几经挑选，入住到雪山江景大酒店。门前有江，推窗可见雪山。

高反没有了，身体感到异常舒适，似乎从来没有这么舒适过，幸福感一下子爆棚。——这是很值得玩味的一件事。寻常日子，我们一直处在这种舒适之中，从不觉得有什么好，然经历过高反的折磨，一旦得以大口呼吸，大声歌唱，流星一般阔步而走，那是何等惬意！我们认定，这是福报，由此心怀感激。世人莫不如此，只有经历过失去，方知拥有的珍贵。

去街上溜达。随便站一处，往四周看去，映入眼帘的，都是绝好风景。山上积雪未融（怕是一年到头都不会融的吧），跟少女的肌肤一般的，皓腕凝脂。又时有云雾在其上轻舞飞扬，目光乘着云雾扶摇直上，天上，仿佛也倒映着一个雪山。

帕隆藏布江一路奔腾，涛声不绝。江水在深处是泛着翠绿色的，到了浅处，却白净如奶。沿江漫步，走一圈，恋恋。再走一圈，恋恋。临近子夜了，还是不舍离开。四周的雪山，如同夜明珠，那么晶莹闪亮。月亮又大又圆，浮在雪峰上头。白与白相互辉映，那不是人间，是天堂。

站住，久久傻望。除了傻望，我实在无能为力。

那人说：回去睡觉吧。

哪里舍得！这样的遇见，今生怕只此一次，再无可能。我想把它牢牢刻进我的脑子里。人生中，有多少的遇见，都不可再来。记住它，揣着这份美好，装在人生的行囊中，便算不得辜负吧。

三条夜归的牛，从桥上低头走过，一个接一个，牛蹄子踩在静夜里，牛蹄子上，似乎带着某朵花的哨音。不知这夜里，它们因何游荡。因那轮明月？因那些雪山？它们日日相见，应早已泰然自若了呀。我冲它们打招呼，喂，喂。它们不理，一径走了。

在波密，是不必问景点在哪里的。背上小包，包里装些面包、水果和水就可以了。然后，你只管迈开腿，随便往一处走着去吧，每一步里，都是风景。

我们沿着帕隆藏布江而行，抬头，是蓝天，是白云，是雪山，是云雾。低头，是峡谷，是碧玉般的江水。茂密的森林，在路侧，遮天蔽日。鸟叫声稠密。突然听到水声，从森林里奔涌而下，随后就见到如白练般的瀑布，耍杂技一般的，从高空跃身而下。我们已进入一片原始的崇山峻岭中。

逢村庄。田畴茂盛。菜花闪着流金，麦子已然抽穗，棠梨花儿放着香。黑猪领着它的小猪崽，在路上漫步。见车见人，不避不让，继续着它们的漫步。每粒土它们都用鼻子嗅过。它们才是这块土地的主人。

世外桃源啊。

果有客栈名"桃花源"。三屋楼房，全是木质结构。一排坐北朝南。再一排，坐西朝东。探头去看，厨房里有烟火，听得香油在锅里吱吱作响。快到午时了。一女子听到动静，迎出来，连声招呼：啊，不好意思不好意思，我在做饭，你们是要住宿吗？我们摇头：啊，不住宿，我们已有住处了。她忙说：不住宿也没关系的，你们可以随便看看。要不，我带你们去客房看看吧。她忙忙去关了火，也不等我们应答，就率先走在前面，笑声响若铃铛。

这都是我们李哥自己盖的房子，全是他自己设计的，每个到我们这里来的客人，都喜欢得不得了呢。啊，李哥就是我们老板。她回过头来，冲我们一笑，他这会儿去村子里了，待他回来，你们可以见见，聊聊。我们李哥人很好的，特别有想法

290

的一个人呢，好多客人都成了他的朋友，这里的小孩子也管他叫"李哥"的。

她说了一路的李哥，我们实在插不了嘴。待到上了楼，看到房间，吓一跳，何等精致舒适的小窝啊！室内也不芜杂，就一床一桌一椅一茶凳，可它们搭配起来，那么完美无瑕，又独具匠心。大大的落地窗外，是庄稼地，麦子青菜花黄。花的尽头，江水如带，雪山巍峨。天蓝得透心，云白得透心。一时恍惚，不知身居何处何年。

很想在此居住一晚，听听虫鸣鸟叫，看星星们在雪山顶上聚会。无奈行李全丢在波密县城了，只能抱歉地冲热情的女子笑说：不好意思了，你们的客房真好，只是我们已有了住处。她赶紧说：没关系的呀，我就是领你们看看的，你们就当是参观好了。

知她是安徽人。有老乡在波密打工，她跟着过来了。然后，辗转来到李哥的桃花源。来了，就不想走了，一待四年有余。我很喜欢这里，这里生活简单，想要吃什么嘛，地里种。人也不复杂，大家相处得都很和睦。还有这么好的大自然，这么好的空气，天天可以看见蓝天，看见雪山。她这么说着时，我一直盯着她看，我怀疑她是个诗人。纵使不是诗人，也该是个有艺术情怀的人。然而，她说：不，我只念了个初中，不懂什么诗的。

回到客栈门口，女子口中所说的李哥，正站在门前跟一村民说话。我有点意外，因与之前脑中构想的有些不一样的。之前我想，能跑到这世外之地，开出这么个客栈来，这人，在外貌上，该是有着魏晋文人的气质。至少，也该留着长发，面皮白净，手指修长，颇有艺术范儿。

真正的李哥，却像一介老农。人瘦削，皮肤黑得像紫檀。眼睛倒是十分的明亮，跟小星斗似的。女子冲他叫：李哥，这两个客人来自江苏哎。李哥听闻，脸上灿灿一笑，热情邀我们进去喝茶。无法拒绝，随他进屋喝茶去。

茶室也雅，窗户上映着棠梨花的影子。李哥等水烧开，倒进茶壶，把壶拿手上晃，晃，晃，再慢慢斟进小杯里，递给我们。一时间我们都微笑着沉默，不紧不慢喝着茶，有种很奇怪的感觉，好像跟他认识了多年。我脱口说：李哥，我也想在这里开个客栈，不用大，两间屋子足矣，我来长住。

李哥笑了，说：好啊，这里老百姓的房子都可以出租呢，你稍稍改造一下就成，我可以帮你讨个便宜价呢。

有藏族小伙子进来，如进自家门。小伙子长得虎背熊腰，浓眉大眼，见我们在，小伙子笑对李哥说：李哥，有客啊。李哥赶忙介绍：这是我的藏族朋友洛桑。洛桑双手合掌，对我们道一声：扎西德勒。

小伙子是李哥的电工。小伙子进来转一圈，又晃着手出去了。李哥说：他是来看我的，半天不见我，他想我了。哈，哈。李哥说到这里，自己忍不住笑起来。

说起他到这里来，完全是偶然的一个念头。七八年前，他跟几个朋友一道出来游玩，到达这里，那时，这里还没铺水泥路呢，全是土路，进山的路不好走，全靠徒步。他们徒步进村，只看一眼，他便爱上了这里。这是真正的世外桃源啊！他在心里激动地对自己说。后来回家，他的心怎么也归不了位，他索性筹集了一笔资金，跑到这里，开了这家客栈。有客时，他陪客坐。无客时，他就在村子里走走，看看花，看看草，看看鸡鸭牛羊猪。三岁的娃见到他，都会高叫一声：李哥。这是他最开心的。

　　客也只在四月桃花开的时候，或七八月草湖的水涨起来的时候，会多些。平时稀稀，他不介意。他开这个客栈，就没有以赚钱为目的。倘若要赚钱，我这么多的投资，投在广东，早该滚成一个钱庄了，李哥说。

　　人生的账不是这么算的，你得明白自己到底想要什么，每个人心中都有一个桃花源，有的人能顺着自己的心，走到那个桃花源，有的人却不能。

　　我享受的是这种自然，是远离喧嚣的这种宁静。早晨起来，窗外的雪山上，云雾缥缈。晚上，星星们亮得像葡萄粒，落在雪山上。这里的人也单纯，他们就是种种庄稼，养养猪牛羊。不忙的时候，聚在一起唱唱歌，跳跳舞，喝喝酒。这里的气候也好，夏天从不用开空调，冬天有柴火取暖。我告诉自己，这就是我想过的田园牧歌式的生活。

也许，用不了几年，这里的宁静会被打破。你们看，门前在修路了，地方政府在搞旅游开发了，当车辆多起来，这里的宁静，也就被打破了。李哥一方面忧虑着，一方面又很想得开。发展是必然的，他旋即解开微皱的眉头，笑了，说：我过过这样的好日子，对我来说，一辈子，也无憾了。

　　我和那人不住点头。我祝福李哥选择了自己想过的理想生活。然这样的理想生活，是需要勇气和底气来支撑的。这里面不单单是舍得舍不得那么简单，还有个最现实的问题，那就是，要有一定的物质基础做保障。说到底，人是活在现实的土壤中，而不是真空里。

　　李哥从前，是很有一点钱的。

茶 卡

生活不都是甜的，它的内里是咸的，咸到极致，也是一种美。

在藏语里，"茶卡"就是盐池的意思。

细细咂摸，觉得藏人太有意思了，那顶得上十个杭州西湖那么大的盐湖，他们竟平平静静称它：盐池。再多的辽阔壮观，在他们眼里，也是从容得不惊不慌的。慌什么呢？他们日日与这样的辽阔壮观相伴，他们也成了其中一部分。

羡慕他们的淡定。

我却不淡定了，只一照面，就被惊得魂飞魄散，大呼小叫起来：啊，太美了！

那会儿，也只有"美"这个字，最贴切最能表达心意。美是什么？就是眼前这一场盐啊。盐得漫天漫地，盐得素洁耀眼。要命的是，还有水映衬着。茫茫一片，天与地相连，上浮清水，下沉盐粒，一清二楚着，却又你中有我，我中有你。天空，周围的雪山，还有在行走的人，红衣，蓝衣，黄裙，花帽子，哪一样都悉数倒映其上。盐里有着另一个世界，一样的天空，一样的山峦，一样的五彩缤纷的人。有人称它"天空之镜"。果然。

它的诞生，是历了一番劫的。也许，所有美的诞生，都需历一番劫方能够。那还得追溯到上千万年前，这里原是一片汪洋，一场灾难突降——地壳裂变、印度板块挤压，地面渐渐隆起，成"世界屋脊"。海水四散奔流，流到一些低洼地带，形成了大大小小的盐湖，茶卡就是其中之一。对了，这里的"卡"不读 kǎ，读 qiǎ。

我想起一个痴迷古董的女子说的话："一切美丽，最终都会全部消失。我们从中并不能真的获得什么，无非就是有限的今生今世里，这相对的一眼，这刹那的灵犀。"那会儿，我对她的话深表赞同。这美丽的茶卡盐湖，我来看时，它尚在，然百年之后千年之后呢？缥缈的时空里，我们能握住的，也只是当下的这一刻。

我不贪，也只要当下的这一刻。我踩着盐铺的道路，慢慢往盐的更深处走去。有小火车突突鸣叫，往来奔驰。从前是载盐的，现在作为观光与怀旧的景物之一了，载着一火车欢天喜地的游人。

游人看盐，盐也在看游人。天上的云，像用盐给堆砌出来的。远处的山峦上，铺着的雪，也似盐一样，有着咸涩的凉。

置身在这样一个盐的世界里，每一步，都似乎走向那洪荒里去。我们，也是一粒盐，从亘古的海底而来，又将回到那海底中去。

盐湖里搁小白船一只。一对新人跋盐涉水而去，站在船头拍婚纱照。远远看过去，一粒船，两粒人，都秀气得不像真的，像用水粉笔画上去的，极梦幻。岸边围着他们的亲朋好友，都把镜头对准他们，一边喳喳地说着他们的故事。故事很具戏剧性，她是广西人，大病一场，失聪，灰心绝望，千里迢迢来青海，只想最后看一眼这里的油菜花。在这里，她与他相逢，他开着摩托车放牧牛羊，完全一副西部牛仔的形象，让她，不由得驻足，多流连了几眼。她把自己的故事说给这个陌生人听，算是倾诉吧。他耐心地"听"，"听"完，他建议她，去茶卡看看吧，那里，有世界上最美的盐。生活不都是甜的，它的内里是咸的，咸到极致，也是一种美。这是他要告诉她的。

她听从他的建议，到茶卡来，只看一眼，体内的盐，就汹涌而出，融入这满世界的盐里面。她再也没有走，留下来，跟他一起放牧牛羊。

我默默祝福了这个陌生姑娘，愿她拥有的这段盐的爱情，永生永世。

婺源的水

村庄再热闹，他们还是过着他们的烟火人生。

我去婺源时，满世界的菜花都已卸了妆。曾簪着一头黄花的油菜们，那会儿，像极怀孕的妇，笨笨的，相互挤挨着，搀扶着，——菜籽快熟了。当地朋友惋惜地说：你应该在菜花开时来呀。

我当然知道，婺源的菜花是出了名的。但我却很高兴，没有选择菜花黄时去，因为，我撞见了婺源最为本色的样子。

不说江湾，不说晓起，单单看看李坑吧。千年的古村落，周围群山环绕。那些山，手挽手，肩并肩，站成一道青绿的屏风，把李坑，宠溺地抱在怀中。一条小溪，候在村口，像守望的明眸，里面蓄着一往情深。有竹筏停在溪边，撑竹筏的男人，遥遥递过话来：坐竹筏不？我毫不犹豫地摇头回：不。那边不在意，笑笑，又招呼下一个游人。

脚步轻些，再轻些，别惊了那些水啊，别惊了水里的鱼啊，别惊了溪边的野花啊，它们在这里，已安好千百年了。一路的溪水，潺潺，湲湲，把人迎进村子里。

村子不大，微仰了头看过去，一溜的建筑，沿坡而上，黛瓦粉墙，木门木窗，错落有致，——典型的徽式建筑。这算不得奇特。奇特的是，穿村而过的小溪，九曲十弯。看过去，也是沿坡而上的。像游蛇，清清亮亮地，一径向上爬去。

来婺源前，我曾向一个多次带团过来的导游打听，婺源除了菜花，还有什么好看的？她回答得简洁：水。我追问：水是怎样的好看？她答：你就没见过那么清的水。

现在，我就站在这么清的水跟前。我弯腰溪边，掬起一捧，水清冽冽的，从我指缝间，跌落。每一滴，仿佛都带着清甜。这世上，大凡相遇，都是因缘而生，我与婺源的水相遇，也是缘吧。这样想着，心里充满莫名的感动。

这岸与那岸，最狭窄处，不过隔了一胳膊的距离。有当地女子，在我对面汰洗衣裳。红塑料桶里，家常的衣裳，被她一件一件掏出来，放到溪里，不紧不慢地汰洗。我看看她，她看看我，微笑，不说话。

抬头，可望到溪上搁的木桥。之所以用"搁"这个字，是因为，那木桥实在过于简陋，像孩子搭的积木，随便搭上去似的，连扶栏也没有。却有种朴素素的好。有狗跟游人抢道，站在木桥上凝望。不知道它的眼里，望见的是什么样的风景。

不去听导游讲解这个村子多么文风鼎盛、人才辈出，我只沿着溪水走。满村飘着木头香，是樟木。当地多樟树，随便就能相遇到一棵千年的樟树。他们用它制成樟木扇子、樟木梳子，还有，雕刻成各种各样的工艺品。甚至，连加工也不要有的，取木，锯成一块一块的小圆片，就那样出售。一元钱可以买三块。问：有什么用啊？那边奇怪地看过来一眼，说：防虫啊，买回去放衣柜里。我没买那小圆片，我买一把樟木梳子，以溪水作润发油，梳理我的长发。我的发上，很快沾上樟木的香，溪水的甜。

不知不觉，我跟着溪水转到后村，游人渐少，村庄安静。几个农人闲坐在一座石桥上说笑打趣，说着我听不懂的当地话，他们干活用的农具，搁在一边。村庄再热闹，他们还是过着他们的烟火人生。

几个当地小孩，穿着红红白白的衫，拿着水瓢，蹲在家门口的小溪边，逗水玩。他们叽叽喳喳，不时惊叫：捉到了！捉到了！

捉到什么呢？我凑过去看，原来，是小蝌蚪。只见溪水里，无数的小蝌蚪，摆动着豆芽似的小尾巴，欢欢的。

我为那几个孩子感到高兴，他们还有蝌蚪可捉。一泓的清水，倒映着他们的身影，红红白白，像游弋的鱼。我以为，那是婺源最美的景致。

印度人的笑

那种发自内心的欢愉，真诚地发着光，如同神赐的礼物。

二月的印度，地里的麦子已开始抽穗，菜花已绽开花苞。小小的泥瓦房，或是红砂岩的房，掩在树丛中。树都那么高大，看上去很俊美。有开花的，有不开花的。开花的印度人叫它"白花树"。真是省事。它就是开白花的，撑着满满一树白花。不开花的，他们叫它"爱王树"。城堡里也长着。宫殿里也长着。寺庙里也长着。路旁也长着。这名字对树真是普遍适用得很，他们那儿多国王，从前每个城都有自己的国王，那些树，就是护卫国王而长的，自然就叫"爱王树"。

我坐到一只秋千上晃悠，秋千悬在公路边的休息区门口。休息区的周边，就是村庄田舍。太阳的影子，在我的裙摆上晃，像蹦蹦跳跳的鸽子。鸽子真多啊，多得似野外的麻雀。乡下多，城里也多。它们一群群，数目庞大，飞骑在电线上，远远望去，像拖着尾巴的"逗号"。密密的"逗号"，好似天空和大地有着写不完的诗行。它们飞到每家的窗户上，飞到行驶的车辆上，飞到树上、花上，还有田野里。

一条狗，慢悠悠走过来，闲闲地看我两眼，又走开去，它走到屋檐下，懒懒地趴下，闭起眼睛打盹。在这片宗教盛行的土地上，狗多，每一个寺庙里，都晃荡着一些狗。每一个城堡里，也是。每一家店铺前，也都趴着狗。每一条路上，也都走着狗。它们不惊不扰地走着，无比悠闲。它们从来不担心被人宰杀烹煮，它们完全按照上帝的旨意生老病死。同样这么自由自在的动物，还有牛，还有马。在印度的大街小巷闲逛，你会时不时遇到自由漫步着的牛和马，这样的自由自在，对环境的清洁造成困扰。但印度人似乎习以为常，他们的吃食摊子就摆在道路口，上面堆着炸得金黄的饼子，尘土漫天，狗也去光顾，牛也去光顾。我们还看到一群羊，也从摊子前，晃晃悠悠地走过。

印度的小孩，眼睛都如深潭，似乎能在里面养小鱼。在服务区遇见一个，是守厕所的女人的孩子（在印度上公用厕所都要收费，费用也不高，十卢比一人）。女人的眼睛也大，也深，鼻梁高挺，厚嘴唇，脸盘像雕塑，美。小孩子跟她长得极像，头发微卷。他滴溜溜盯着我们一行人看，身子像条小水蛇似的，在他母亲身边扭来扭去。我们都被他迷住，蹲下来逗他玩，他的小身子扭得越发欢了。我们征得女人的同意，想给他拍照，他羞涩起来，把小身子往女人身后藏。却又偷偷探出头来，冲着我们笑，女人也笑起来。那笑容，毫不设防，透亮，明朗，仿佛点亮了万亩油菜花。

这样的笑容，出现在很多印度人的脸上。你在街上走着，迎面过来陌生人，你用目光打量他，他很自然地回你一个这样的笑。你去餐厅吃饭，服务的小哥一手提着茶壶，一手提着咖啡壶，弯腰问你：Coffee or tea？（咖啡还是茶？）他的脸上，一定也是挂着这样的笑。你去商场购物，店员的脸上，也印着这样的笑容。几个孩子共骑一辆儿童车，在路边玩耍，他们摔倒了，闹成一团。你站着看，他们也停下来看你，看着看着，突然，很灿烂地冲你笑了。

在琥珀堡，一个男人拿着花花绿绿的手镯和风铃，追着我，要我买。我拒绝，他锲而不舍，从堡底，一直追到堡上，一会儿给我加一样东西上去，一会儿再加一样，脸上的笑，像过年时窗户上贴着的窗花，他竖着指头告诉我：这么多，只要一百元，一百元人民币。他一定苦练过这几句汉语，说得斩钉截铁的。我站定，对着这个男人看，他有着一张很印度的脸，脸上的笑，一直鲜亮着，明朗着，能催开一树的泡桐花。我被这样的笑容打动，我买下了那堆无用的东西。我想，这个男人晚上回家，定能博他的大眼睛老婆一笑。老婆，我今天卖给一个中国人手镯了，他这么说。我简直能想象得到他脸上窗花般的笑，扑簌簌往下掉。

晚上，我们几个人在餐厅里慢悠悠喝着红茶聊天，讨论着对印度最深刻的感触是什么。大家不约而同说的是，印度人的笑。在印度，无论富人还是穷人，哪怕是街上乞讨的人，他们若笑起来，绝对会让周遭立马灿烂起来。那种发自内心的欢愉，真诚地发着光，如同神赐的礼物。

乡间路上急驶着摩托车，扬起漫天灰尘。我觉得那摩托车看上去，像鱼鹰。这样的"鱼鹰"遍布我们所经过的印度。它们在车流中，在人群里，窜着窜着，就没影了。摩托车是当下印度人最主要的交通工具，它们呼啸而来，呼啸而去。红绿灯口，有警察拦下一辆摩托车，那辆摩托车上载了三个人。我们猜测，肯定是因超载了。一个女孩子跳下车来，她有着金黄色的长发，生动的脸上，盛满笑。警察是个大胡子男人，貌相威严。女孩子缠住大胡子警察说着什么，我注意地看着她脸上的笑，像些调皮的小浪花在跳。她大概在说什么好话，要大胡子警察放他们走。大胡子警察收起威严，也对她笑着，边笑边比画着什么。最后我们走了，他们还在那儿说着笑着比画着。

印度载人的交通工具，三轮车最多，电动的，人力的。电动的有个形象称呼，叫"嘟嘟车"。它鸣响喇叭，确是发出"嘟嘟嘟"的声音，很大很嘈杂。印度的每个景点门口，都挤满这样的车，车身漆成下绿上黄，车厢简陋，放着简单的靠椅。看上去，像蹦跳着的青蛙。计费较便宜，一公里九卢比，相当于人民币一元。我们坐上这样的车，到泰姬陵去，四个人就把车厢给挤满了。司机的笑晃晃荡荡的，掉了一路。

跟着一只蝴蝶走

对生活的热爱，应该是它们共同的语言和灵魂的密码，只消一个眼神，便能成为相知，又哪里会有疏离和隔膜？

在西双版纳，我邂逅到一个蝴蝶园。

园子里植满扶桑、马利筋、如意草和玫瑰，成千上万只蝴蝶，在花叶间嬉戏流连。阳光迷离，花斑斓，蝴蝶也斑斓，让人一时间分不清哪是花，哪是蝴蝶，满眼都是绚丽。

也许，蝴蝶和花朵本就是同宗同族，蝴蝶是活泼的会飞的花朵，花朵是安详的恬静的蝴蝶。

我跟着一只蝴蝶走，那是只带着白色斑点的凤蝶。它披着一件镂空的黑色斗篷，一会儿飞到一朵扶桑上，一会儿又飞到一朵玫瑰上，它在那些花朵间只作短暂逗留，又迅速飞起。似乎它的使命，就是飞翔。它看上去，很像古欧洲战场上的一名骑士，佩剑上马，呼啸于风中，生命的旗帜，猎猎飞扬。

我跟着一只蝴蝶走，那是只福翠凤蝶。它的身上，印着些漂亮的绿色斑点，斑点大小不一，活泼可爱。它飞起，落下，落在一簇马利筋上，就不肯挪窝了。那簇马利筋上，已栖息着三四只蝴蝶。它跟它们，很快扎成堆。想来，它是个热情率真的好姑娘，爱热闹，不喜冷清，喜欢结交朋友，落落大方，愿意把快乐与旁人分享。

　　我跟着一只蝴蝶走，那是只金斑蝶。它贵气十足，黄袍加身，袍边上，还绣着精致的花边，一动一静里，都是光芒。它不紧不慢飞着，这里看看，那里瞅瞅，似乎是在巡视它的王国。最后，它在一朵如意草的花蕾旁停下来，双翅轻敛，用唇轻轻碰碰那朵花蕾，如长者对幼童，满满的，都是慈爱。人称它，"君主斑蝶"。果真很形象，它有王者之风。

　　我跟着一只蝴蝶走，那是只玉斑凤蝶。它有着黑色的肌肤，上面均匀分布着一些银灰色的纹路，像镶着玉带一条条。它在半空中飞着，舞姿优雅，俊美得像一个小王子。很快，它遇见了另一只玉斑凤蝶，那只凤蝶，除了有着黑色的肌肤和银灰色的玉带外，身上还点缀着几朵红斑点，它该是个可爱的公主。王子与公主一见钟情，它们的相知相爱，几乎在一瞬间完成。花丛中，留下它们相偎的情影一对。

　　一只枯叶蝶，真的很像一枚枯去的树叶。它是不是曾遭遇过什么伤害，才把自己的色彩掩藏？然因美好的召唤，它还是选择飞翔。它碰碰这朵花，摸摸那片叶子，最后，小心翼翼地降落在一片如意草的叶子上，它整个的身子，慢慢倾伏过去，浅尝着叶子上浸染的花香。它懂，温柔的日子要小心轻放。

我的眼前，又飞过蓝闪蝶，飞过金斑蝶，飞过大紫霞蝶，飞过小灰蝶，飞过丽蛱蝶……蝴蝶的种类，远比人类的种族要多得多，全世界大约有一万四千多种。我暗想，这些蝴蝶若相遇，它们有没有国籍概念？有没有语言障碍？一朵玫瑰花上，两只金斑蝶和一只灰蝶、一只凤蝶相遇了，它们很快热烈交谈起来。它们爱着同样的花朵，守着同样的秘密，有着同样的飞翔的姿势。对生活的热爱，应该是它们共同的语言和灵魂的密码，只消一个眼神，便能成为相知，又哪里会有疏离和隔膜？

园子的管理员说，这些蝴蝶的寿命都很短，有的寿命只有短短七天。我吃一惊，再看飞舞着的蝴蝶，心里就多了说不清的感喟和敬畏。

天上的云朵，地上的草湖

我们并无遗憾，我们看到了这么多的花。

去草湖。

从一片原始杉木林中穿过。满眼都是树，随便一棵，都上百岁了吧？老了的树，极有尊严地老去，无人砍伐烧烤。而新的树，又在重新茁壮生长。

风起，松涛阵阵，如涨潮之水之声。蝉声被没进去了，鸟声被没进去了，山鸡野鸭的声音被没进去了。山路上，只有我和他。

帕隆藏布江在林子边拐了个大弯，冲积出一大片细软的沙滩。碧玉般的江水，倒映着后面的雪山。云怎么那么白！天怎么那么蓝！寂静无声。

我们穿过林子，跑去沙滩上。大太阳照得沙子滚烫，我不顾那烫，踩进去，跑向江边。这江多像湖啊。天在水底。云在

308

水底。蓝在水底。白在水底。我们，也在水底。

寂静，还是寂静。碧玉一般的寂静。

林子后头有蝉音袅袅。山鸡的叫声，像拉警报似的，总是那么突然地，来上一嗓子。我伏在沙子上写"感谢"二字。此时此刻，唯这两字能表达心意。感谢天，感谢地，感谢父母，感谢那人，感谢相遇到的一切，感谢这自然中的美好，感谢这样的雪山，这样的江水，这样的森林，这样的自己……景正好，我未老。

和那人坐在沙滩上，一人吃了两块面包，算作午餐，继续寻着草湖而去。这期间，他弄丢了他的墨镜，那是他过生日时，我买给他的礼物，价钱不菲。我们在江边寻了好一会儿。又在林子里寻了好一会儿，都没找着。最后确信是找不回的了，也好，算作留给这片土地的一个纪念吧。——这么一想，竟很是快乐了一阵子。

在林子中间左拐右拐，误闯一幢民居。木结构的小屋，独自蹲在林子边的一块空地上。门口长油菜长小麦，也有几棵棠梨树，在开着花。屋主人尚未出现，狗倒警觉地先吠起来，不是一条，而是两条。我是怕狗的，远远站着，不敢动弹。屋主人被惊动了，出门来。一个矮个子男人，后面跟着他的女人和三个娃。他和女人喝住狂吠的狗，叽里咕噜冲我们说了些什么，我是一句没听懂。等他们停下来，我们才得以寻问：不好意思，我们走错路了，请问，草湖在哪儿？男人听了，侧头和女人说了句什么，女人哧哧笑了。三个娃也笑了，争着伸手往右边一指：呶，那儿，那儿，我们的草湖。一家人的手，都这么指着。

我们道一声谢，顺着他们所指的方向而去。走了一段路，我回头，见三个娃还站在门口，冲着我们看，屋顶上有炊烟起。我的心，软了软。为这片烟火，为这片与世无争的宁静。

草湖，顾名思义，是草们齐聚的湖。草也只两种，一种开粉紫的花，一种开金黄的花。我们赶巧了，草湖里的草，正值青春妙龄，个个清韶娇嫩的。它们绚丽得如织毯，把这块小小的峡谷平地，描成画卷。

草湖中间，天然的有着一条水带，不很宽阔，但水深，想跃过去，不大可能。清澈的水，倒映着蓝天白云，和不远处的树林、雪山。水的另一边，紫色小花黄色小花一直铺排到一片林子的脚下。林子背倚着大山，山峰上，白雪盈盈，云朵盈盈。马和牛，在林子边上吃草，吃花，不见人。

我蹲在草湖里数花朵，数着数着，数迷惑了。太多了。我又蹲在水边数水里的云朵，数着数着，也迷惑了。雪与云朵，分不清的。风吹得松林唰啦啦的，如涛如波。可是，分明是静的啊，静得连心跳声也听得见。

来了一家四口，当地人。爷爷奶奶，带着儿媳妇和小孙孙。他们自带了花地毯来。他们把花地毯铺在水边，然后盘腿坐到上面，一边摆上吃喝的东西，是要在这里久待的样子。小孙孙刚学会走路,他们放他在草地上摇摇摆摆,指给他看天,看山,看水,看地上的花。

他们告诉我们,他们一家常来这里。

他们说:若是你们晚些时候来,这里一大片的,全是水,很好看的。

我们并无遗憾,我们看到了这么多的花。问他们:这些花叫什么名字?他们想想,答:草花呗。我们这里的草地上,都开这种花的。

我很满意这个答案,草开的花,自然叫"草花"了。连带着这草湖,我也十分的满意。